DER LEHRER UND DIE JUNGFRAU

DER JUNGFRAUENPAKT - BUCH 1

JESSA JAMES

Der Lehrer und die Jungfrau
Copyright © 2018 von Jessa James

Veröffentlicht von Jessa James
James, Jessa
Der Lehrer und die Jungfrau

Anmerkung des Verlegers:

Dieses Buch ist für ein erwachsenes Publikum vorgesehen. Das
Buch kann eindeutig sexuelle Inhalte enthalten. Die sexuellen
Tätigkeiten, die in diesem Buch enthalten sind, sind ausschließlich
für die Phantasien von Erwachsenen bestimmt und alle Tätigkeiten
oder Gefahren, die den fiktiven Charakteren in dieser Geschichte
widerfahren, werden weder vom Autor oder vom Verleger
empfohlen oder zur Nachahmung angeregt.

 ane

„*WER?*" Stand auf dem Zettel.

Ich drehte meinen Kopf nach rechts und und blickte in die neugierigen Augen meiner Freundin Anne. Sie hob eine Augenbraue, aber blieb ruhig. Während des Unterrichts durfte nicht gesprochen werden, aber ich verstand sofort, was sie wissen wollte. Worte waren nicht notwendig. Nicht dafür.

An wen wollte ich meine Jungfräulichkeit verlieren?

Anne, ich und acht andere Mädchen in der Abschlussklasse hatten einen Pakt geschlossen. Bis zum Ende des Sommers wollten wir alle unsere Jungfräu-lichkeit verloren haben. Unsere Abschlussfeier war nächste Woche, also hatten wir ein paar Monate Zeit, um das zu erledigen, bevor wir dann an die Uni gingen. Da wir alle bereits achtzehn Jahre alt waren, hatten wir das Gefühl, dass es an der Zeit war, besonders weil wir an einer Mädchenschule waren, wo es schon fast unmöglich war, angemessene Jungen zu finden. Wir wollten mit Erfahrung zur Uni gehen.

Ich wollte nicht die letzte Jungfrau in unserer Gruppe sein, aber ich musste mir keine Sorgen machen. Ich musste ja keinen *Jungen* finden, den ich mochte. Ich musste nicht vortäuschen, verliebt zu sein, oder irgendeinem Fremdem im Einkaufzentrum hinterherjagen. Ich wusste *genau,* mit wem ich ins Bett steigen wollte.

Ich wollte, dass Herr Parker mir meine Jungfräulichkeit nahm. Ich wollte, dass mein Lehrer der Erste war.

Herr Parker. Er war nur ein paar Jahre älter als ich, und nicht so dürr und unbeholfen wie die Typen in meinem Alter. Nein, er war *durch und durch* ein Mann.

Während ich ihn täglich in meiner Klasse zum Thema US-Regierung sah, zweifelte ich daran, dass er mich überhaupt bemerkte. Ich war nur eine seiner vielen Schülerinnen. Eine weitere junge Dame im Meer voller langer Haare und Lipgloss mit Kirschgeschmack. Ich ging in einem Ozean von Khaki-Hosen und Karohemden unter. Das war nämlich die überaus konservative Uniform der Schule. Darunter trug ich abwechselnd - an den Tagen, an denen ich die Klasse von Herrn Parker besuchte - einen Spitzen-BH mit einem passenden String-Tanga.

Und vor der Klasse ging ich zur Toilette und zog den BH aus. Es gefiel mir, wie mein schweres Baumwollhemd über meine empfindlichen Nippel rieb, und ich hoffte, dass er die harten Spitzen bemerken würde, die sich nach seiner Berührung sehnten.

Er war umwerfend und gebildet, sein harter Arsch und die breiten Schultern ließen meinen unschuldigen Körper unruhig werden. Ich wollte nicht unschuldig sein. Jedenfalls nicht, wenn er in der Nähe war. Ich wollte unanständig sein, aber ich zweifelte daran, dass er mich überhaupt wahrnahm.

Aber ich nahm in wahr. Jeden Zentimeter seines gutgebauten Körpers.

Er war auf jeden Fall derjenige, dem ich mich hingeben würde. Ich hatte zwar keine Ahnung, wie ich das anstellen würde, aber es würde geschehen.

Er war atemberaubend. Er hatte dunkles, etwas zu langes Haar, das den Regeln der Privatschule nicht wirklich entsprach. Er trug dem Direktor zuliebe eine Krawatte, aber der Knoten war immer lose, als ob er keine Zeit hatte, sich korrekt zu kleiden. Die meiste Zeit des Unterrichts verbrachte ich damit, mir vorzustellen, wie er mich mit dem langen Stück Seide fesseln und zu einer echten Frau machen könnte.

„Damen, ich weiß, dass es der letzte Schultag vor den Prüfungen ist, also werden wir all das, was in der Prüfung abgefragt wird, wiederholen. Die Unis achten immer noch auf die letzten Noten." Seine tiefe Stimme ließ mich zittern und ich konnte nicht aufhören, die Muskeln an seinem Nacken anzustarren. Ich wollte ihn schmecken. Was sonderbar war, aber ich konnte nicht aufhören, mir vorzustellen, wie ich ihn küsste ... überall.

Ich machte mir keine Gedanken über die letzte Prüfung. Es war die einzige Klasse, in der ich eine Eins bekommen würde und in der ich immer aufpasste. Wie hätte ich Herrn Parker da nicht die ganze Stunde anstarren können? Wenn die anderen Mädchen dachten, dass ich den heißen Lehrer angaffte, was störte es mich? Sie gafften ebenfalls. Ich konnte meine Augen nicht von seinen angespannten Muskeln an seinen Unterarmen lassen. Er rollte die Ärmel seines Hemds hoch, um etwas an die Tafel zu schreiben, und ich musste immer hinterher lesen, was er geschrieben hatte. Ich konnte nicht aufhören, seine Hände anzustarren.

Selbst Molly schien hypnotisiert, wenn er sich bewegte, dabei war ich mir ziemlich sicher, dass sie lesbisch war.

Er war *so* heiß. Aber keine der anderen Mädchen würden ihn bekommen. Nein. Wenn er eine von uns bekommen würde, wenn er einen junge, jungfräuliche Pussy nehmen würde, dann würde es meine sein.

Ich verbrachte das gesamte Jahr damit, seinen Arsch anzusehen, während er im Unterricht hin und her ging. Ich hatte die Adern an der Rückseite seiner Hand genauestens studiert, wenn er an die Tafel schrieb. Ich hatte seinen Mund studiert und mich gefragt, wie sich seine Lippen an meinen anfühlen würden.

Jedes Mal, wenn die Glocke am Ende der Klasse

ertönte, verließ ich den Raum mit nassem Höschen und harten Nippeln.

Seine Klasse war das Beste an meinem Tag. Ich zeigte sogar auf, um Fragen zu beantworten und setzte mich aufrecht hin, wenn er mich anlächelte, da ich die richtige Antwort gegeben hatte. Ich wollte ihm gefallen, was eine andere sonderbare Empfindung für mich war. Ich war nicht darauf aus, anderen zu gefallen. Aber bei Herrn Parker? Gut, ich war mir nicht ganz sicher, wo ich die Linie ziehen sollte, aber ich wollte es herausfinden.

Mit Annes Notiz in meiner Hand, starrte ich von meinem Platz in der dritten Reihe auf Herrn Parker. Er versuchte streng zu sein, aber er war vermutlich genauso bereit für den Sommer wie wir. Die Schule war klein. Es war eine dieser Mädchenschulen für reiche Eltern, die wollten dass ihre privilegierten Töchter eine gute Bildung zur Vorbereitung auf die Uni erhielten. Ja, wir wurden immer mit den üblichen Stereotypen genervt; dass wir verrückte, verdorbene, verwöhnte Gören mit Problemen seien. Die Schule hatte mich von Jungen in meinem Alter ferngehalten. Das wollten meine Eltern so, aber ihr Plan war nach hinten losgegangen. Es brachte mich genau zu dem Mann, den ich wollte.

Ja, ich wollte einen Mann.

Ich wollte nicht von einem Jungen gefickt werden, der keine Ahnung hatte, was er tat. Ich wollte Herrn Parker.

Oh, ja. Ich rückte auf meinem Stuhl hin und her und versuchte, den Schmerz in meiner Pussy bei dem

Gedanken daran, von ihm erfüllt zu werden, zu lindern. Ich wollte, dass er der Erste war, mich weit ausdehnte — sein Schwanz würde groß sein — und er würde es richtig machen.

Während er fortfuhr, über die drei Regierungsbereiche zu sprechen, füllte seine geschmeidige Stimme, die nur dunkle, sexuelle Gedanken und wilde Fantasien auslöste, meinen Verstand.

„Fick mich", würde ich ihm sagen und dabei flüchtig auf den Schreibtisch hinter ihm blicken.

Ja, der Schreibtisch. Ich fantasierte über diesen Schreibtisch, fast genauso oft wie über Herrn Parker. Ich war nicht weiter die gute Schülerin, sondern die schlechte Schülerin. Sehr schlecht.

Ich würde auf seinem harten Schreibtisch liegen und der Rock meiner Karouniform würde meinen Arsch kaum bedecken. Ich würde die oberen Knöpfe meines prüden, weißen Hemdes aufknöpfen, damit er sehen könnte, dass ich keinen BH trug und meine Nippel würden sich bei der Berührung des kalten Holzes zusammenziehen.

Ich würde eine Gänsehaut bekommen, wenn er mit seinem Finger meine Wirbelsäule nach unten zu meinem Spitzenhöschen gleiten würde. Ich würde spüren, wie sich die Hitze dort anstaute und die feuchte Substanz an meinen Schamlippen klebte.

„Du warst ein unanständiges Mädchen, nicht wahr?" würde die vertraute, geschmeidige Stimme sagen. Sein Atem fühlte sich warm an meinem Nacken an, während er sich über mich lehnte und mich dominierte. Ich würde meine Beine zusammendrücken, um den wachsenden Schmerz zu lindern, aber es würde nicht funktionieren. Der Druck seiner Hand an meinen Schamlippen würde mich aufstöhnen lassen.

„Du trägst nur einen Tanga in meiner Klasse und keinen BH." Seine Stimme würde schockiert und verdorben klingen und ich würde definitiv rot werden, wenn er um mich herum greifen und meine nackten Brüste umfassen würde.

Lehrer sollten sich nicht auf diese Weise benehmen, würde ich denken, selbst wenn seine andere Hand mit einem groben Klaps auf meinem Arsch landen würde. Sie sollten unanständige Schulmädchen nicht auf ihren Schreibtischen prügeln, aber ich würde meine Hüften bewegen, weil ich seine Prügel wollen würde. Ich würde meinen kecken Hintern weiter hinhalten, damit er es mir voll und ganz geben könnte.

„Weißt du was mit unanständigen Mädchen passiert?" fragte er.

„Sie werden bestraft."

„Richtig", hauchte er in meinen Nacken. „Aber du bist ganz besonders unanständig, also bekommst du meine Hand anstatt des Lineals zu spüren." Ich wollte sichergehen, dass ich jeden einzigen Klaps spüren konnte.

Nichts davon wie mich Herr Parker anschauen würde, wäre sanft. Er wäre wie ein Biest mit seiner Beute. Sein gieriger Blick forderte mich, um seinen Hunger zu stillen. Ich würden noch einmal zittern, wenn sein Finger begann mich schmerzhaft zu reiben und langsam gegen den Streifen meines Tangas. Er würde mit seiner anderen Hand gegen meine Pobacken drücken und mein blanker Körper stünde ihm zur Verfügung.

„Wenn dein Arsch schön rot ist, wirst du mir zeigen, dass du wieder ein braves Mädchen bist und meinen Schwanz lutschen. Richtig schön und tief." Er würde einen Finger über mich reiben, die Fingerspitze gerade so in meine jungfräuliche Hitze schieben, während er mich auf seinem Schreibtisch am rechten Platz hielt. „Und dann werde ich deine unanständige Pussy lecken und ich werde dich zum Kommen bringen."

Ich stöhnte bei dem Gedanken daran, wie er mir beibrachte, was er mochte, wie er mich dominierte, mich zu seiner machte. Ein abgewürgtes Geräusch brachte mich in die Realität zurück. Ich rückte auf meinem Platz hin und her und versuchte, meine Schenkel gegen meine geschwollene Lustknospe zu reiben.

Um mich herum waren meine Mitschülerinnen, aber sie schienen das Geräusch, das ich allein bei meinen *Gedanken* an Herrn Parker machte, nicht gehört zu haben.

Obwohl er der Staatsbürger- und Regierungskundelehrer an dieser kleinen Privatschule war, hatte er vor einem Jahr seinen Abschluss in Jura gemacht und war dabei, für seine Zulassung zu lernen. Es war nicht seine Berufung, Lehrer zu sein, wie die anderen Lehrer, die schon seit Jahrzehnten an der Schule waren. Er stand kurz davor, Anwalt zu werden. Er sollte steif und langweilig sein. Alle Lehrer waren das.

Ungefährlich sogar, aber nichts von der Art und Weise, wie er mich anstarrte sagte „ungefährlich".

Manchmal stellte ich mir vor, dass er starrte und sein Blick an meinen Beinen entlangwanderte oder an meinen Lippen hängenblieb. Ich träumte davon, dass er mich wollte, masturbierte in seiner Dusche und dachte daran, wie er mich auf seinem Schreibtisch nahm. Ich träumte davon, dass er sich nicht unter Kontrolle hatte, wenn es um mich ging, dass ich so wunderschön und so perfekt war, dass er nicht nein sagen konnte.

Ich musste mir da gar keine Vorstellungen machen. Ich würde definitiv nicht nein sagen.

Herr Parker war neun Jahre älter als ich – *ja, ich hatte meine Auskundschaftungen über ihn angestellt* – und ein Mann seines Alters hatte viele Jahre Erfahrung, von der ich nur träumen konnte. Das wurde schnell für mich gefährlich, aber ich würde nicht davor weglaufen. Ich wollte ihn und wenn ich dafür bestraft werden musste, dann sollte mir das Recht sein so lange Herr Parker derjenige war, der mich bestrafte.

Anne schrieb etwas auf einen Zettel, während die anderen noch mit einem Übungstest beschäftigt waren und darüber flüsterten, was sie im Sommer vorhatten. Es interessierte mich kein Bisschen.

Warum auch, wenn das einzige, was ich wollte, direkt vor mir stand?

Ich drehte mich um, als mich ein anderes Stück Papier am Hinterkopf traf. Anne sah verwundert aus. Ich bemerkte, dass meine Fantasien wild wurden. Ich hätte es besser wissen sollen. Beinahe-Sex mit Herrn Parker zu haben, würde im wahren Leben *niemals* passieren. Ich sah ihn jeden Tag im Unterricht und er wollte nie etwas mit mir zu tun haben. Ich war seine Schülerin und zu jung. Ja, ich war achtzehn, aber trotzdem ...

Die ganze Situation war hoffnungslos. Ein Mann wie er wollte kein Mädchen, sondern eine Frau. Er würde eine Frau wollen, die Erfahrung hatte und weltgewandt war und nicht wie ein verlorenes Hündchen mit einer Leine um den Hals aussah. Ich versuchte, den Gedanken beiseite zu schieben. Es machte mich traurig, weil ich verlockend und erfahren auf einmal sein konnte, es sei denn ich fickte jemanden anderen, aber er war der einzige, den ich wollte.

Ich versuchte so gut wie ich konnte, nicht mehr darüber nachzudenken, während ich den Zettel, den mir Anne zugeworfen hatte, glattstrich.

„Du ziehst unseren Lehrer mit deinen Augen aus. Nicht leugnen.“

„Sei still.“ Ich schrieb es schnell auf, bevor ich die Notiz an Anne zurückgab. Wenige Sekunden später reichte sie es weiter.

„Herr Parker ist zu alt.“

Ich biss mir auf die Unterlippe. Das war genau der Grund, warum er so attraktiv war. Ältere Männer machten mich an. *Er* machte mich geil und ich schrieb schnell meine Gedanken auf.

„Ich wette, er weiß, was er mit seinem Sch—“

Ich zögerte, das letzte Wort zu schreiben. Ich wurde schon feucht, wenn ich darüber nachdachte, ein verdammtes Wort mit sieben Buchstaben zu schreiben.

Es sollte nicht so eine große Sache sein – Das Wort „Schwanz" zu schreiben. Was stachelte mich so auf? Dass meine Mitschülerinnen die Notiz lesen? Oder schlimmer, Herr Parker?

Schwanz. Schwanz. Schwanz.

Schwanz. Schwanz. Schwanz.

Sieh, ich konnte das Wort im Kopf wieder und wieder sagen. Warum konnte ich das verdammte Wort nicht aufschreiben?

Schwanz. Schwanz. Schwanz.

Oh, Gott. Meine Zunge musste unbedingt in heiligem Wasser untergetaucht werden.

„Ich wette, er weiß, was er mit seinem Schwanz anstellen muss." Schnell gab ich den Notizzettel weiter. Dabei seufzte ich erleichtert, da ich endlich dieses verdammte Wort aufgeschrieben hatte.

Jane – 1. Schwanz – 0.

„Du bist verrückt. Er ist Lehrer. Du wirst für immer eine Jungfrau bleiben. Er wird dich niemals anfassen."

Ich spitzte meine Lippen, als ich Annes Notiz las. Ich wollte es nicht zugeben, aber die Notiz tat weh. Besonders da nächste Woche unser Abschluss war und ich ihn nie wieder sehen würde. Es tat weh, weil es die Wahrheit war. Es bestand kein Zweifel, dass jemand so gutaussehend, klug und erfahren wie Herr Parker irgendetwas mit einem achtzehnjährigen, katholischen Schulmädchen zu tun haben wollte. Vor allem da ihre eigene, sexuelle Erfahrung nur von ihrer Hand stammte. Ich war in jederlei Hinsicht eine Jungfrau und die kalte, harte Wahrheit begann durchzusickern.

Wie würde ich meine Jungfräulichkeit verlieren,

wenn ich keine einzige Sache über Sex wusste? Natürlich wusste ich, wie ich mich selbst befriedigen konnte und es war leicht genug einigen Pornos zu folgen, aber würde die richtige Sache so einfach sein? Die einzigen Schwänze, die ich je gesehen hatte, waren die meiner Cousins, als uns unsere Eltern nackt miteinander schwimmen ließen. Ich war eine kalte, einsame – und geile – Jungfrau.

„In einer Woche machen wir unseren Abschluss." Ich gab die Notiz an Anne weiter und biss mir auf die Lippe.

Mittlerweile schrieb ich nur noch belanglose Dinge auf und hoffte, dass sie mich nicht durchschaute und bemerkte, wie sehr mich das, was sie gesagt hatte, getroffen hatte.

„Er wird dich niemals anfassen."

Es tat wirklich weh. Ich hatte mich ganz schön in Herrn Parker verknallt. Schon seit Beginn des Schuljahres und jetzt war es schon fast vorbei. Was würde ich tun, wenn ich ihn nicht mehr jeden Tag zu Gesicht bekam?

„Er ist heiß."

„Du BIST verrückt. Du wirst auf gar keinen Fall Sex mit einem Lehrer haben."

Meine Antwort war einfach und die Wahrheit. *„Ich will keinen anderen. Ich werde meine Jungfräulichkeit an ihn verlieren."*

Es umzusetzen war unmöglich.

Ich wurde nervös als ich sah, wie mir Herr Parker entgegenkam. *Würde meine geheimste Fantasie endlich wahr werden?* Natürlich nicht. Bevor ich mich versah, hatte er meine Notizen in der Hand und schaute sie durch.

Oh. Mein. Gott.

Ich sah zu Anne. Ihre Wangen waren so rot wie ihre Haare. Sie war ja nicht diejenige gewesen, die all diese Dinge aufgeschrieben hatte. Sie würde nicht in Schwierigkeiten geraten. Ich würde in Schwierigkeiten geraten.

Jetzt war der beste Zeitpunkt, um vom Erdboden verschluckt zu werden. Es handelte sich um sozialen Selbstmord – meine Mitschülerinnen würden erfahren, dass ich meinen Lehrer ficken wollte. Anne in einer Notiz davon zu erzählen, war die eine Sache, aber das hier? Gott, ich würde es niemals ausleben.

Ich wollte nicht einmal darüber nachdenken, was meine Eltern sagen würden, wenn ich zum Direktor gerufen werden würde. Sie waren meistens nicht da, um nicht zu sagen: sogar nie. Sie schienen sich nur dann Sorgen zu machen, wenn sie mich zurechtweisen oder mir Hausarrest erteilen mussten. Ich habe etwa das halbe Schuljahr nur mit der Haushälterin zusammengelebt, während sie durch Europa oder Afrika reisten oder wo auch immer sie gerade waren. Wenn sie wüssten, dass ich mit einem Lehrer schlafen wollte, würden sie durchdrehen.

Ich machte meine Augen zu und wartete darauf, dass er die Notiz laut vorlas, wie er es normalerweise tat, wenn er uns dabei erwischte, we wir Zettel hin und herschoben.

Ich hielt meinen Atem an und schaute durch meine Wimpern zu ihm hoch.

Seine dunklen Augen waren auf mich gerichtet, während er die Notiz las. „Kann es nicht abwarten, endlich mit der Schule fertig zu sein. Keine Uniformen mehr" sagte er. Seine Stimme war laut, damit ihn alle hören konnten. Dann ging er wieder nach vorne.

Ich warf meinen Kopf nach hinten, als diese Worte aus seinem Mund kamen. Er hatte es gelesen, die Wahrheit gekannt, aber sie nicht preisgegeben?

Er hatte mich vor meinen Mitschülerinnen gerettet, aber nicht vor sich. So neugierig wie er mich ansah war es eine totsichere Sache gewesen. Ich konnte ihn nicht durchschauen und es machte mich wahnsinnig und erregte mich gleichzeitig. Er wusste jetzt, wie sehr ich ihn wollte. Er *wusste* es! Aber er zeigte keinerlei Emotionen. War er angewidert oder wütend? War er überhaupt schockiert oder passierte ihm das regelmäßig mit seinen Schülern? Würde er mich zum Direktor schicken? Hatte er geglaubt, dass die Notiz ein Witz gewesen war? Oder schlimmer? Glaubte er, dass ich es ernst meinte und hatte einfach nur kein Interesse? Möglicherweise hatte er eine rattenscharfe Freundin. Eine, die wusste wie sie mit seinem Schwanz umgehen musste und wie sie ihn befriedigen konnte.

Ich hatte keine Ahnung davon, was ich mit einem Mann anstellen muss. Ich wusste bloß, dass ich ihn wollte.

Er hob eine Augenbraue an und ich wurde ganz automatisch rot. Zum Glück schellte die Glocke, und Anne und ich standen eilig auf. Ich nahm Annes Arm und rannte schon fast zur Tür. Ich war fast vor der Blamage verschont geblieben, bis ich hörte, wie er meinen Namen rief.

„Jane", sagte die mir mehr als bekannte Stimme, die mich in meiner Fantasie verfolgte. Als meine Freundin neben mir stehen blieb fügte er hinzu: „Du kannst schon einmal vorgehen, Anne. Ich will nur kurz mit Jane sprechen."

Der Rest meiner Mitschülerinnen ging aus dem Zimmer und Anne schloss sich ihnen an. Als wir schließlich alleine waren, faltet ich meine Hände und wartete auf die Standpauke. Ich wollte mich selbst umarmen. Es könnte nichts Gutes daraus hervorgehen, dass mein Lehrer eine Notiz gelesen hatte, in der quasi stand, dass ich wollte, dass er mich fickt. Waren schmutzige Gedanken Grund genug für disziplinäre Maßnahmen? Könnte ich einen Verweis bekommen? Mein Herz wurde schwer. Unsere Abschlussfeier war nächste Woche. Auf gar keinen Fall—

Er verschränkte seine Arme vor seiner breiten Brust. „Ich will, dass du genau eine Stunde nach der Abschlussfeier hier bist."

Ich wollte nicht noch mehr in seine Worte hineinlesen, als ich es ohnehin schon tat, aber so wie er mich ansah, glaubte ich nicht, dass ich mir Sorgen machen musste. Stattdessen musste ich mir wegen *allem* Sorgen machen. Ich wartete auf mehr und sah dabei zu, wie sein Blick von meinen Socken zu meinem karierten Rock und meiner weißen Bluse wanderte. Schließlich sah er mir direkt in meine überraschten Augen.

Wusste er, wie feucht ich war? Konnte er mit seinem prüfenden Blick sehen, wie ich hin und her rutschte?

Ich hatte nie eine Antwort darauf bekommen. Als eine mir unbekannte Schülerin reinkam, nahm ich das als Zeichen dafür, zu gehen und ich machte mich auf, um zu meinem nächsten Kurs zu kommen.

„Jane, du hast mir nicht geantwortet", sagte er.

„Ja", antwortete ich und ging auf die Tür zu.

„Ja, *Herr Parker*", fügte ich hinzu und blieb stehen.

Der Klang seiner tiefen Stimme gab mir eine Gänsehaut.

Ich schaute zurück und bemerkte, dass er darauf wartete, dass ich mich wiederholte.

„Ja, Herr Parker," flüsterte ich und fand es ziemlich erotische diese Worte so zu sagen. Ja, ich wollte, dass er mehr als nur mein Lehrer für Regierungsgeschichte war.

Während ich durch die Flure ging, die ich für eine Woche lange nicht mehr sehen würde, konnte ich nur an die Zeit nach meinem Abschluss denken. Er hatte mir gesagt — nein, mich dazu aufgefordert — zurückzukommen und ihn zu treffen. Ich fragte mich nur ... warum?

KAPITEL 2

*H*err Parker

SIE SAH VERDAMMT UMWERFEND AUS, als sie ihr Zeugnis in Empfang nahm und sie wusste es auch.

Mit welligem, blondem Haar, das über ihre Schultern reichte und den dunkelbraunen Augen war sie einfach nur verdammt heiß.

Jane. *Meine Jane.*

Die Schule war klein. Es gab nur ein paar Hundert Schülerinnen. Sogar die Lehrer wussten was bei den Schülerinnen los war, selbst wenn sie eine Schülerin nicht selbst unterrichteten. Ich wusste, dass Jane eine der beliebtesten Mädchen der Abschlussklasse war. Bei ihrem Aussehen was das nicht schwer. Sie hat weiche und freundliche Züge, aber ihr Körper ... *Oh, zum Teufel.*

Das schwarze Gewand das alle beim Abschluss trugen, versteckte ihre prallen Rundungen, aber ich hatte mir jede einzelne eingeprägt. Ich hatte das ganze Jahr damit verbracht, mir ihren Arsch unter dem Karo-Rock vorzustellen und war mir sicher, dass sich ihre blasse Haut pink färben würde, wenn ich ihr einen Klaps geben würde.

Ich musste innehalten und an verdammte Base-ball-Statistiken denken, um meinen Steifen abklingen zu lassen. Genau in dem Moment hart zu werden, als die Abschlussveranstaltung stattfand, konnte nur problematisch werden. Die älteren Akademiker würden sich bei meinem Anblick sträuben. Und die Eltern, die so viel von der Bildungseinrichtung hielten, würden die Polizei rufen, wenn sie einen Lehrer dabei erwischten, wie er beim Anstarren der Abschlussklasse einen Harten bekam.

Aber ich achtete nicht auf die ganze Klasse. Ich dachte nur an *sie*.

Meine Jane.

Sie war das Mädchen, welches die Jungen ficken wollten. Ich ballte meine Hände zu einer Faust und spürte wie mein Blut innerlich brodelte. Allein der Gedanke daran, dass Jungen in ihrem Alter Jane ficken wollten, brachten mich dazu etwas kaputt machen oder zerschlagen zu wollen. Es ärgerte mich jedes Mal, wenn ich von einer Party der Abschlussklasse erfuhr und an all die scharfen Jungen dachte, auf die sie da treffen würde. Durfte einer dieser Idioten etwa Janes hübsche Brüste anfassen? Hatten sie ihre cremigen Schenkel gespreizt und ihre enge Pussy ausgefüllt? Hatten sie in ihrer jugendlichen Eile überall auf sie abgespritzt und sie dabei unbefriedigt gelassen?

Die Musiklehrerin schaute zu mir, da ich ein tiefes Knurren von mir gab.

Sie hatte mehr als nur ein hübsches Gesicht und eine sexy Figur. Sie war süß und gleichzeitig selbstsicher. Sie war freundlich, aber ließe es nie zu, dass man auf ihr herum trampelte. So wie sich gab und wie sie aussah, wirkte sie älter, reifer als sie es eigentlich war. Es war eine Sünde für eine Achtzehnjährige so auszusehen wie sie.

Es war eine Sünde, als Lehrer hinter seiner Schülerin her zu sein. Aber sie war keine Schülerin mehr. Ja, sie war verdammt jung, aber es war jetzt volljährig und sie gehörte mir. Ich wusste es von dem Tag an, an dem sie sich in meine Klasse gesetzt hatte und das Röckchen ihrer Uniform an ihren hellen Schenkeln hochgerutscht war. Ich versuchte mich zu benehmen, sie zu ignorieren, aber dann begann sie mich zu beobachten und ihre Augen brannten sich an jedem verdammten Tag in mich. Sie *wollte* es. Und selbst wenn sie zu jung und zu unschuldig war, um zu erkennen, was sie fühlte, wusste ich es. Ich wusste es und ich würde derjenige sein, der es ihr besorgen würde.

Ich hatte genau zu dem Zeitpunkt entschieden, dass sie mir gehören würde. Ich musste nur das Jahr abwarten bis sie nicht mehr meine Schülerin war.

Ich fragte mich, wie ich auf sie zugehen könnte, aber nachdem sie letzte Woche diesen Zettel geschrieben und an ihre Freundin an weitergegeben hatte? Es war ... Schicksal. Ich wollte mich die ganze Woche bei dem Gedanken daran, dass sie so eifrig dahinter her war mir —mir!— ihre Jungfräulichkeit zu geben, selbst befriedigen aber entschied mich doch dagegen. Ich wollte jeden Tropfen von ihr auffangen. Meine ganze Wichse würde für Jane sein. Ich konnte es nicht abwarten, sie komplett zu füllen und ihr dabei zuzusehen, wie sie versuchen würde, es alles zu schlucken und wie es aus ihrem frisch gefickten Arsch und ihrer Pussy laufen würde. Ich würde nie wieder auch nur einen einzigen Tropfen an ein verdammtes Kondom verschenken. Ich würde sie nehmen, ohne dass uns etwas trennte. Ihre jungfräuliche Pussy würde nie etwas anderes kennenlernen.

Verdammt. Ich hatte ja angenommen, dass sie noch Jungfrau war, aber die Notiz bestätigte das nur. Sie wollte, dass ich ihr Erster war und ich würde ihr den Gefallen tun. Der Erste für *Alles*. Ich würde der Einzige sein, der sie berührte. Der Einzige, dessen Schwanz sie ihn ihren Mund nahm. Der Einzige, dessen Schwanz ihren engen, kleinen Arsch durchbrechen würde. Der, der sie zu einer Frau machen würde. Ihre Pussy, ihr Arsch, sie gehörte mir. Jeder unschuldige Zentimeter von ihr.

Ich hatte lange genug gewartet.

„Wie steht's um die Zulassung?"

Fuck. Ich unterdrückte ein weiteres Kurren und

zwang mich dazu, die schmutzigen Gedanken in die dunkelsten Teile meines Gehirns zu schieben. Ich neigte meinen Kopf zur Seite und versuchte, mein bestes Lächeln aufzulegen. Liz, die Musiklehrerin der Schule, sah mich erwartungsvoll an.

„Es ist in ein paar Monaten, oder?" fragte sie dann mit einem breiten Lächeln.

Ich nickte und versuchte, meine Gedanken auf abzulenken, um das Gespräch in eine andere Richtung zu lenken, aber ein mir bekannter, blonder Zopf zog meine Aufmerksamkeit über die Entfernung auf sich. Jane stand mit Anne und einigen anderen Freundinnen in einem engen Kreis. Sie trugen Kleider, die meiner Meinung nach zu lang waren, aber der Wind wehte ab und zu unter sie, so dass ihre knielangen Karoröcke zu sehen waren.

Fuck. Ich schimpfte nochmal in mich hinein. Mein Schwanz hatte offiziell seinen eigenen Verstand. Ich bewegte mich leicht zur Seite. Ich wollte mit meinem Schwanz nicht an irgendjemanden stoßen und bei Jane, da wollte ich mehr als nur anstoßen.

„Fuck", sagte ich zu mir und schüttelte lachend meinen Kopf. Meine Gedanken würden mich verraten und ich wusste, dass es eigentlich vergeblich war, meine Gedanken kontrollieren zu wollen.

„Oh—" Der Blick in Liz' Gesicht war unbezahlbar. Sie war drei Jahre älter als ich, aber verhielt sich älter als dreißig. Um es grob zu sagen, lief sie mit einem Stock im Arsch herum und jemand musste diesen Stock herausziehen, aber es war nicht ich.

„Sorry", entschuldigte ich mich. „Mir ist etwas eingefallen, das ich noch erledigen muss."

„Oh, was denn?" fragte sie und drehte ihren Kopf, um dabei zuzusehen, wie die Schülerinnen und ihre Eltern losgingen.

Die meisten machten Fotos und wünschten sich alles Gute. Ich sah Jane in der Ferne. Sie hielt ihr Handy hoch und machte Selfies von sich und zusammen mit ihren Freundinnen. Ich bemerkte, dass sie die einzige in ihrer Gruppe war, die keinen Rosenstrauß trug.

Wo waren ihre Eltern? Waren sie schon weg?

Diese wohlhabenden, reichen Schülerinnen hatten viele von diesen – abwesenden Eltern. Nun gut, die Eltern musste das Geld ja schließlich von irgendwo herbekommen. Die fünfundfünfzig tausend Dollar jährlich für den Unterricht zahlten sich ja nicht von allein.

„Entschuldigung, störe ich dich?" fragte Liz, da ich in den letzten zwei Minuten nichts mehr gesagt hatte.

Ja. „Nein, natürlich nicht." Sagte ich ein wenig zu schnell. „Ich meine ... es gibt nicht wirklich viel über das Lernen für die Zulassung zu erzählen, oder? Es ist in zwei Monaten, also versuche ich nur so viel wie möglich bis dahin aufzunehmen. Ich werde den Sommer damit verbringen, meinen Kopf in die Bücher zu stecken."

Oder zwischen Janes gespreizte Schenkel.

„Nun, ich bin mir sicher, dass es hilft Staatsbürger- und Regierungskunde zu unterrichten."

Nicht wirklich, aber ich nickte. „Das tut es."

Jane hilft, sagte mir mein Unterbewusstsein, und ich bemerkte, dass ich gehen musste, bevor ich einen rundum Harten bekam, den die ganze Welt sehen würde. „Entschuldige mich."

Ich drehte mich um, ohne ein weiteres Wort zu sagen, ging zum Hauptgebäude zurück und die Treppen zu meinem Klassenzimmer hoch, um zu warten.

Auf Jane. Um sie zu meiner zu machen. Endlich.

Nur an sie zu denken und die Notiz zu lesen, die sie an Anne weitergegeben hatte, reichte aus, meinen Schwanz zucken zu lassen. Ich drückte meinen Handrücken fest gegen meinen Schwanz. Gott sei Dank war das ganze Gebäude leer. Was ich mit Jane vorhatte, war nur für mich. Ich war der einzige, der ihren Körper sehen und der einzige, der sie hören würde. Ich würde sie so nehmen, wie und wo ich es wollte, einschließlich meiner größten Fantasie: über den Schreibtisch gebeugt.

Darauf mit gespreizten Beinen.

Auf dem Boden. Unterm Tisch, so dass sie zwischen meinen Beinen kniete und an meinem Schwanz lutschen würde. während ich auf meinem Stuhl saß. Gegen den Schrank.

Die ganzen Schulsachen drum herum würden eine hübsche Dekoration sein – das Lineal, um sie zu schlagen.

Sie ist eine Jungfrau, erinnerte ich mich.

Wir würden später genug Zeit für die wilderen Dinge haben. Für den Anfang würde es ausreichen, an traditionellen Sex mit *ihr* zu denken, um zu kommen.

Ich lehnte meinen Kopf zur Seite und schaute auf die Uhr direkt über der Tür. Sie würde jede Minute hier auftauchen, aber mein Schwanz konnte nicht länger warten. Ich rieb schon seit einigen Minuten daran. Noch ein paar Züge mehr und ich würde eine Sauerei machen und ich wollte meine Wichse schließlich nirgendwo anders als in Jane.

Ich konnte es verdammt noch mal nicht sein lassen. Egal wo ich im Klassenzimmer hinschaute, ich dachte nur daran, was ich mit ihr anstellen würde.

Ich hörte ein leises Klopfen an der Tür.

„Komm rein", rief ich.

Die Tür öffnete sich und Jane kam herein.

Die Sommersonne draußen schien heiß und ihre Wangen waren von der Hitze errötet. Allerdings konnte ich mir nicht helfen und bemerkte, dass sie noch roter wurde, als sie mich ansah. Ihre Augen – sie waren scheu und erwartungsvoll. Sie wusste, was passieren würde, aber gleichzeitig wusste sie nicht, was zu tun war.

Bei dem Gedanken musste ich lächeln. Ich würde ihr alles beibringen, was sie wissen musste und ich würde mir Zeit lassen. Je länger wir warteten, desto süßer würde es sein und dieser Ausdruck könnte nicht besser als auf Jane zutreffen.

Sie stand da wie angewurzelt und wartete darauf, dass ich ihr sagte, was sie zu tun hat. Ja, ich würde wieder einmal ihr Lehrer sein. Ich hatte mich das letzte Jahr über in sie verliebt, hatte ihr dabei zuge-hört, wie sie mit Freundinnen herum alberte und sehnte mich danach, ihr Lachen zu hören. Sie war nie gemein oder fies zu ihren Mitschülerinnen gewesen. Sie war klassisch, hübsch und extrem klug. Und sie war einsam. Ich erkannte den Blick in ihren Augen, dass sie sich nach Zugehörigkeit sehnte.

Sie gehörte zu mir, sie wusste es bloß noch nicht.

„Mach die Tür zu. Jane. Und schließ ab."

 *ane*

Ich tat, was er von mir wollte. Ich machte die Tür hinter mir zu, schloss ab und mit jeder Sekunde wurde ich nervöser. Heute war es endlich soweit: Der Tag, an dem ich meine Jungfräulichkeit an Herrn Parker verlieren würde. Allein der Gedanke an ihn machte mich feucht. Ich presste die Innenseiten meiner Schenkel vor lauter Vorfreude zusammen. Ich hatte mir all das so oft vorgestellt. Seit dem ersten Tag, an dem er die Klasse betreten und sich als unser Lehrer vorgestellt hatte, wollte ich nur, dass er mich fickte.

Als ich das Klicken der Tür hörte, hielt ich meinen Atem an und wartete darauf, dass er seine nächsten Anweisungen gab. Er hatte dickes, rotes Bastelpapier über das lange, eckige Fenster an der Tür geklebt. Sein Zimmer war im ersten Stock. Unter uns versammelten sich Eltern und ehemalige Mitschülerinnen auf dem Fußballfeld, um Fotos zu machen, Großeltern zu umarmen und Partypläne zu schmieden. Die Tatsache, dass sie so nah waren, aber keine Ahnung hatten, wo ich war oder was ich tun würde, machte mich total an.

Nur die Vögel konnten durchs Fenster schauen und uns sehen. Ich war mit Herrn Parker allein.

Ich weiß nicht warum, aber mir gefiel es, dass mir gesagt wurde, was ich zu tun hatte; besonders da es von ihm kam. Er war stärker und mächtiger, wenn er mich herumkommandieren konnte und ich liebte das Gefühl der Sicherheit, das er mir gab. Wenn er mich dominierte, hatte ich das Gefühl, dass ich wichtig war und dass er sich um mich sorgte. Ich wusste so gut wie nichts über Sex, obwohl ich viel darüber sprach und einige Pornos gesehen hatte. Wenn es ums Eigentliche ging, brauchte ich jemanden, der mir alles zeigte und ich war froh, dass es Herr Parker sein würde.

Während er sich gegen den Schreibtisch lehnte, starrte er mich an und betrachtete mein formlose Kleid. Ich spürte, wie das Starren eine Hitzewelle durch meine Venen schickte. Seine Augen wanderten über meinen Körper: von Kopf bis Fuß und ich machte mir Sorgen, als er seine Lippen nach unten zog.

Was hatte ich getan?

„Zieh das aus." Er zeigte auf das Kleid.

Zögernd tat ich, was er wollte und hielt meinen

Blick auf ihn gerichtet, während der schwarze Stoff runterfiel und sich um meine braunen Schuhe und knöchellangen Socken herum anhäufte. Plötzlich fühlte sich die Luft um mich herum heißer an. Ich war buchstäblich nur noch einen Karo-Rock und Höschen davon entfernt, gefickt zu werden. Ich wollte das, oder nicht?

Ich wollte es, bestätigte ich mir innerlich.

Aber ich wusste nicht, was ich tun musste! Was, wenn ich ihn nicht befriedigen konnte? Er hatte bereits Frauen gehabt, echte Frauen – kein Mädchen wie ich – was wenn ich ihn nicht genug anmachte, weil ich so schüchtern war?

Ehe ich es mir anders überlegen konnte, kam auf mich zu.

„Du warst ein böses Mädchen, Jane", sagte er. Mein Name rollte dabei von seiner Zunge. „Zettelchen im Unterricht schreiben ..." Ich wurde nervös und schaute weg. Meine Pussy machte mir aber einen Strich durch die Rechnung. Meine Muskeln *da unten* zogen sich zusammen und entspannten sich immer und immer wieder. „Und darüber zu schreiben, wie du deine Jungfräulichkeit verlierst, anstatt der Wiederholung für die Klausur zuzuhören."

Langsam schüttelte er seinen Kopf und mein Magen rutschte in meinen Bauch.

Ich hatte ihn enttäuscht.

„Willst du, dass irgendjemand zum ersten Mal deine Pussy nimmt?"

Bei der Frage biss ich mir auf die Unterlippe und brachte gerade so ein winziges „Nein" heraus.

„Ich habe dich nicht gehört, Jane."

„Nein?" Er blieb stehen und ich fand meinen Mut.

Jetzt oder nie, Jane.

„Nein, ich will nicht, dass irgendjemand meine Pussy nimmt." Ich benetzte meine Lippen und starrte auf seine. „Ich will Sie."

Er war mir so nah, nur einen Schritt oder zwei Schritte entfernt und ich konnte ein Anzeichen für ein Lächeln auf seinen vollen Lippen erkennen. „Willst du, dass ich deine süße Pussy nehme?"

„Ja."

„Ja was?" Ich sah hoch in seine dunklen, erweiterten Augen. Er war voll und ganz auf mich fokussiert. Ich war eine Jungfrau, aber mich haben Jungen schon auf diese Weise angesehen. Herr Parker wollte mich. Er wollte mich so sehr, wie ich ihn wollte.

„Ja, Herr Parker. Ich will, dass Sie meine Pussy nehmen", sagte ich etwas forscher als zuvor.

Ich erstarrte, als ich seine Hand an meinem Schenkel, am Saum meines Rockes spürte. Ich hielt meinen Atem an, als er höher ging und dann aufhörte.

„Ich muss dir erst eine Lektion erteilen", sagte er. Kaum hatte er das gesagt, ging er von mir weg.

Ich wimmerte und fragte mich, was er vorhatte. Mein Herz schlug schnell und ich biss mir auf die Lippe, als ich ihm dabei zusah, wie er zu seinem Schreibtisch ging und seine Schublade aufmachte. Er nahm ein Lineal heraus und schlug mit dem Ende auf seine Handinnenfläche. Mit jedem scharfen Klang, zog sich meine Pussy zusammen. Bis er sich umgedreht hatte, um mich anzusehen, zitterte ich schon so stark, dass ich kaum noch stehen konnte. Ich hatte schon den Ausdruck *weiche Knie zu haben*, gehört, aber nie wirklich verstanden ... bis heute.

„Da", er zeigte auf den Schreibtisch und schaute mich dann mit diesen dunklen, eindringlichen Augen an. Er hatte mich vorher im Unterricht noch nie so angesehen. Ich musste schlucken, weil es so intensiv war. „Böse Mädchen, die sich nicht an die Regeln der Schule halten, müssen eine Lektion erteilt bekommen."

Ich war erleichtert, da ich bemerkte, dass ich mir nicht so viele Sorgen machen musste. Ich musste aufhören, mir immer so viele Gedanken zu machen. Ich musste mir keine Sorgen machen, dass Herr Parker seine Entscheidung bereuen und weggehen würde. Wenn er keinen Sex haben wollte, hätte er mir gesagt, dass ich falsch lag und hätte mich gebeten zu gehen. Verdammt, wenn er mich nicht wollte, hätte er mich heute, genau eine Stunde nach der Abschlussfeier nicht hier herbestellt.

Aber da war er nun und zeigte mir eine andere, unwiderstehlichere und wildere Seite von sich, die seine Schülerinnen niemals zu Gesicht bekommen würden. Nur ich.

„Werden Sie mich schlagen?" fragte ich und ging auf den Schreibtisch zu.

Als er nur dastand, bemerkte ich, dass er auf etwas wartete. Ich legte meine Hände auf das kalte Holz und lehnte mich mit meinem Oberkörper über den Tisch.

Er verschwendete keine Zeit und ging an meine Seite.

„Böse Mädchen erhalten ihre Prügel aufs nackte Fleisch. Heb den Rock hoch, bitte."

Oh mein Gott.

Ich griff nach hinten und hob langsam den Saum meines Karorocks und bewegte dabei meine Hüften, so dass der Rock auf meiner Taille lag.

Ich drehte meinen Kopf und sah, dass er nur auf meinen mit einem Höschen bekleideten Hintern starrte.

„Jane, kein Höschen. Wenn du mir deine Pussy gibst, bedeutet das, dass sie nackt sein muss und jederzeit für mich zur Verfügung steht."

Er griff mit seinen Händen an dem Elastikbund meiner weißen Spitzenunterhose und zog sie nach unten, so dass sie über meinen Knien hing. Ich konnte die kühle Luft auf meiner nackten Haut spüren und wusste, dass er *alles* sehen konnte.

Er schlug mit dem Lineal laut zu und ich erschrak. Die brennende Hitze ließ mich nach Luft schnappen.

„Zettelchen austauschen ist verboten."

Er schlug noch einmal mit dem Lineal zu. Ich zischte, als er eine andere Stelle traf.

„Was hast du dazu zu sagen, Jane?" fragte er und schlug noch einmal zu.

Diesmal konnte ich ein scharfes und heißes Stechen spüren, aber es war nicht überaus schmerzhaft. Es machte mich sogar noch feuchter. Er musste die Auswirkungen seiner Schläge gesehen haben, da er das Lineal mit einem Knall auf den Tisch fallen ließ.

Als er mich diesmal schlug, tat er es mit seiner bloßen Hand.

Ich japste.

„Jane?"

„Nein, Herr Parker. Ich meine, ja, Herr Parker." Ich wusste nicht, wie ich antworten sollte. Ich hatte seine Frage vergessen, als mit seiner Hand über mein heißes Fleisch strich.

„Gefällt es dir, so über meinen Tisch gelegt zu werden? Von deinem Lehrer bestraft, du böses Mädchen?"

„Ja, Herr Parker", sagte ich. Das war die Wahrheit und er wusste es auch. Sonst wäre ich nicht hier. Er würde mich sonst nicht schlagen.

„Gefällt dir die Vorstellung, dass jemand hereinkommen und sehen könnte, wie unanständig du bist?"

Ich hatte an niemanden außer an Herrn Parker gedacht. Ich wandte mich auf dem Tisch und war plötzlich nervös.

„Herr Park—" begann ich, aber ich wurde unterbrochen, als sein Finger über meine glatten Falten glitten und dann um meine Klit kreisten. Er hatte langsam begonnen und das Gefühl baute sich in mir auf bis er schneller wurde. „*Bitte*, fingern Sie mich", stöhnte und flehte ich. „Bitte, Herr Parker." Ich wollte ihn in mir spüren.

„Geduld, Jane", sagte er, ohne dabei mit der Bewegung seiner Finger aufzuhören. „Vorfreude ist die schönste Freude. Überlass alles mir."

Ich schloss meine Augen und nickte, während er sich nach vorne lehnte und mit seiner Brust meinen Rücken berührte. Wir lehnten nun beide über den Tisch. „Bevor du dich versiehst habe ich meinen Schwanz in dir und stoße ihn rein und ziehe ihn raus und ertaste alles in dir. Aber fingern? Was für eine unanständige Vorstellung. Das erste, was du in deiner jungfräulichen Pussy spüren wirst, ist mein Schwanz." Um es deutlich zu machen, rieb er seine Hose gegen meinen empfindlichen Arsch, während sein Finger meine Klit streichelte.

Ich stöhnte lauter, als er damit fortfuhr, sich an mir zu reiben. Ich konnte spüren, wie sich alles in mir anstaute, als ob etwas Großartiges passieren würde.

Ich rief immer wieder „mehr" und er hörte nicht auf, seine Finger zu bewegen. Meine Klit war geschwollen und sehnte sich nach seiner Aufmerksamkeit. Meine Pussy war einsam. Ich hatte noch nie solche Gefühle gehabt, wenn ich mich selbst befriedigt habe. Ich wollte *mehr*.

„Ficken Sie mich, *bitte*", flehte ich, als das Gefühl für eine Jungfrau wie mich zu viel wurde.

„Was habe ich über Geduld gesagt, Jane?" sagte er und schlug dabei mit seiner freien Hand auf meinen Hintern. Das stechende Gefühl vermischte sich mit meinem Verlangen. Er klang sowohl ernst als auch neckisch. „Ich habe die Kontrolle. Das ist mein Klassenzimmer, nicht wahr, Jane?"

Ich nickte.

„Bist du der Lehrer?"

„Nein." Ich würde nicht wissen, was zu tun wäre, geschweige denn jemanden anleiten. *Verdammt noch mal, Jane.* Ich wies mich innerlich zurecht.

„Das ist richtig", er strich mir mit der Hand über meinen nackten Schenkel und ich musste zittern. "Weil ich dein Lehrer bin."

„Ja, Herr Parker." Ich brachte die Antwort natürlich hervor.

Wir würden Sex miteinander haben – ich musste nur warten. Wir würden es machen, aber ich wollte es *jetzt*. Die Hitze in meiner Pussy wurde mir zu viel und ich hatte das Gefühl, die Kontrolle zu verlieren.

„Gut", sagte er und rieb weiter mit seinen Fingern gegen mich, während er sich nach vorne beugte, damit ich sein Gesicht sehen konnte. „Bist du dir sicher, dass du das willst, Jane? Dass ich dich entjungfere? Wenn wir einmal anfangen, gibt es kein Zurück mehr. Du gehörst dann mir."

Mir.

Ich nickte mit dem Kopf gegen den Tisch. „Ja." wiederholte ich diesmal etwas lauter. „Ja, Herr Parker."

„Perfekt. Nimmst du die Pille?"

Er hörte auf, als ich meinen Kopf schüttelte. „Nein, ich habe ein Kondom mitgebracht."

Er schlug mich wieder. „Du gehörst mir, Jane. Und ich will dich komplett nackt nehmen. Ich will alles spüren, wenn mein Schwanz bis zum Anschlag in dir ist."

Die Vorstellung, wie er mit seinem Schwanz in mich eindringt und wir uns Haut an Haut spüren, während er durch meine enge Barriere hindurch brach, ließ mich wimmern. Aber ich hatte auch Angst.

Ich wollte noch kein Baby. Ich war dafür noch nicht bereit.

Sein Finger ging zum Eingang meiner Pussy und kreiste darum. „Wir werden heute noch keinen Sex haben. Und wir werden ohne Kondom Sex haben. Immer. Ich will, dass nichts zwischen uns ist", begann er, „Du gehst morgen zum Arzt und lässt dir ein Verhütungsmittel verschreiben, dass sofort wirkt."

„Ja, Herr Parker." Ich war aus Schock schon fast erleichtert. Das war's also? War das eine Art Spielchen? Ein Test? Was?

Er nahm seinen Finger weg und ging einen Schritt zurück. Ich wartete einen Moment und drückte mich dann vom Tisch ab. Als ich mich drehte und ihm direkt in die Augen sah, wanderte sein Blick zu meinen Schenkeln und ich zog sofort meinen Rock wieder runter, bevor ich dann mein Höschen wieder hochzog.

„Die Unterhose kommt auch weg."

Ich blickte ihn an, während ich sie hochzog, schluckte und zog sie wieder runter. Ich zog sie aus und legte sie in seine ausgestreckte Hand.

Ich war so geil, dass es wehtat und ich sah ihm einfach nur dabei zu, wie er meinen Slip in seine Hosentasche steckte. Mein Hintern brannte noch von seiner Bestrafung. Ich fühlte mich ... gezüchtigt und ich hatte meine Lektion definitiv gelernt. Herr Parker würde nicht zulassen, dass ich mit irgendetwas davonkomme. Ich lernte auch, dass nicht zu kommen eine stärkere Konsequenz war, als Prügel zu kassieren.

Ein Hauch von Enttäuschung machte sich in mir breit. *Wir würden heute also keinen Sex haben? War er wütend, dass ich nicht richtig vorbereitet war und dass ich ihm gesagt hatte, dass wir ein Kondom benutzen würden?*

Aber alle meine Unsicherheiten und Fragen waren unbegründet, als er sagte: „Es gibt erst mal andere Möglichkeiten zur Befriedigung für uns ... So viele andere Möglichkeiten."

Das sexy Lächeln in seinem Gesicht verunsicherte und erregte mich zugleich.

Ich zog einen Stuhl heraus und setzte mich hin.

„Ich werde deinen jungfräulichen Mund zuerst nehmen, junge Dame."

Er winkte mich mit dem Zeigefinger zu sich und als ich um den Tisch herumging, um bei ihm zu sein, machte er seine Gürtelschnalle auf. Als ich zwischen seinen gespreizten Knien stand – er vor mir und der Tisch hinter mir – nahm er meine Wange wieder in seine Hand und ich konnte nicht anders, als mich näher an ihn heranzubringen. Seine Hand fühlte sich warm und rau an, so wie die Hand eines Mannes. Ich fühlte mich beschützt.

Ein großer Teil von mir war nervös, was passieren würde. Ich hatte genügend Pornos gesehen, um zu wissen, dass er mich füllen und meinen Mund ficken würde.

Langsam ging ich vor ihm auf die Knie.

„Ich habe davon geträumt, dass du genau hier bist. Mach meine Hose auf."

Ich tat, was er sagte, während er weiterredete:

„Ich habe mir vorgestellt, wie du unter dem Tisch kniest und deinen Mund um meinen Schwanz legst und die Wichse von meinem Sack leckst."

Ich stöhnte bei dem Gedanken daran, ihm einen zu blasen, während andere Mädchen an ihren Tischen saßen, um ihre Abschlussklausur zu schreiben. Ich hatte keine schriftliche Abschlussklausur. Meine Note würde ausschließlich mündlich sein.

Da war dieses Lächeln in seinem Gesicht – eine Mischung aus Grinsen und Lächeln – aber seine Augen sahen mich weich an. Ich musste mir nicht so viele Sorgen machen. Sein Blick verriet, dass mir nichts passieren würde.

Zögerlich begann ich mit meinen Händen, seine Hose aufzumachen und meine Augen blieben an der dicken Beule dahinter hängen. Er trug keine Unterwäsche.

„Jane ..." Der Klang meines Namens brachte mich zurück ins Hier und Jetzt. „Ist alles in Ordnung?"

Ich blinzelte einmal, dann noch einmal und blickte dann direkt durch meine Wimpern auf den Mann, der vor mir saß. Meine Pussy tropfte. Ich wollte – musste – mehr spüren, aber wir würden heute keinen Sex haben. Ich konnte nicht glauben, dass ich gedacht hatte, dass wir mit Kondomen Sex haben würden. Er hatte wesentlich mehr Erfahrung als ich es mir jemals vorstellen könnte und ich konnte immer noch nicht glauben, dass er Sex mit mir haben wollte. Der Gedanke allein machte mich geiler, wenn das überhaupt möglich war.

„Sagen Sie mir, was ich tun soll", war alles, was ich sagte und sein Blick wurde noch weicher.

„Natürlich", antwortete er und drückte dann meine Hand, bevor er sie über den offenen Reißverschluss legte. „Du wirst lernen, wie man einen Schwanz so richtig leckt, nicht wahr?"

Er atmete schwer, als meine Hand begann hoch und runter zu reiben und dann zog er seinen Schwanz aus seiner Hose. Ich konnte nur einige Sekunden starren und nickte meinen Kopf. Es war das erste Mal, dass ich einen gesehen habe, aber *verdammt*, sein Schwanz war riesig, selbst für Porno-Standards. Er bemerkte nicht, wie erschrocken ich war oder wenn doch, ignorierte er es. Stattdessen nahm er meine Hand und legte sie um seinen Schaft und begann, auf und ab zu streichen. Hoch und runter.

Ich benetzte meine Lippen. „Ja, Herr Parker."

„Du kannst mit deinen Händen anfangen, bevor du deinen Mund benutzt", riet er mir. Seine Worte waren langsam und wurden von Stöhnen der Lust unterbrochen.

Ich nickte langsam und machte damit weiter, mit meiner Hand an seinem Schwanz auf und ab zu streichen, bevor mein Mund genau über der Spitze war. Ich küsste weiche Küsschen auf die Spitze seines Schwanzes. Ich war überrascht, als er jedes Mal zuckte, wenn ich ihn küsste und langsam daran saugte. Ich fühlte mich schnell selbstbewusster und begann, mehr von ihm in meinen Mund zu nehmen, tiefer und tiefer bis ich meine Hand wegzog. Sein Stöhne klang wie Musik in meinen Ohren. Er klang so, als ob er sein bestes versuchte, um nicht zu laut zu sein, aber er schaffte es einfach nicht.

„Ja, Jane ..." sagte er zu mir, als er seinen Kopf mit geschlossenen Augen nach hinten fallen ließ. „Dein

Mund ... du weißt auf jeden Fall, damit umzugehen. Ich hatte mir gedacht, dass du ein gutes Mädchen bist."

Ich hielt mich nicht für ein gutes Mädchen. Ich kniete in meinem Klassenzimmer mit der breiten Spitze von Herr Parkers Schwanz, die tief gegen meine Kehle stieß. Ich fragte mich, wie weit ich ihn rein nehmen könnte, als ich durch meine Nase atmete. Ich musste ab und zu würgen, aber es schien ihn nicht abzutörnen. Ganz im Gegenteil: Es schien ihn anzutörnen, falls es ein Anzeichen war, wenn seine Hände sich in meinen Haaren zu Fäusten ballten.

„Ja, Jane ... das ist perfekt", murmelte er. seine Hände bewegten meinen Kopf auf seinem Schwanz hoch und runter. „Du bist verdammt perfekt."

Bevor ich wusste, was geschah, spürte ich, wie sein Schwanz in meinem Mund zuckte und dann überkam mich eine Flut seiner Wichse. Salzig. Es schmeckte nach ihm. Ich erstarrte, während er in meinem Mund abspritzte.

„Schluck es."

Das tat ich automatisch, wieder und wieder bis ich alles runtergeschluckt hatte. Als die Flut stoppte, nahm ich meinen Kopf nach hinten und ich konnte einige Tropfen seiner Wichse an der Spitze seines Schwanzes abtropfen sehen. Schnell leckte ich alles ab und versicherte mich, dass nichts übrig war. Als ich zu ihm hoch sah, konnte ich sehen, wie mich Herr Parker intensiv anstarrte. Er sah befriedigt aus.

„Scheiße, Jane", fing er an. „Du warst atemberaubend."

Auf meinen Knien fühlte ich mich vor ihm klein. Obwohl ich wusste, dass ich ihn befriedigt hatte, machte ich mir Sorgen, dass ich nicht an all die anderen, erfahrenen Frauen herankommen könnte. „Sie sagen das nur, damit—"

„Nein, das tue ich nicht." Er schüttelte seinen Kopf und hörte nicht auf, mich anzuschauen. „Du hast meine Anweisungen befolgt und verdammt ... du hast geschluckt, während dein Mund noch um meinen Schwanz war. Jungfrau oder nicht, du bist ein *Sonderexemplar,* Jane."

Ich wusste nicht, wie ich darauf antworten sollte. Für eine Jungfrau klangen seine Worte wie eine Bekanntgabe, bei der Olympiade gewonnen zu haben. Ich war die ganze Zeit ängstlich und nervös gewesen. Ich wollte ihn nicht enttäuschen – wollte ich immer noch nicht – und es war unglaublich, zu wissen, dass ich ihn befriedigen konnte. Ich konnte wieder atmen.

„Und dabei hast du mir gerade nur einen geblasen." Sein Gesichtsausdruck war eine Mischung aus Erhabenheit und Verwirrung. „Ich bin mir sicher, dass es atemberaubend sein wird, deine Pussy zu ficken."

„Ich bekomme das Stäbchen, direkt morgen früh", versprach ich.

Ich war mir sicher, dass ich einen Termin auf die Schnelle bei einer Klinik in der Nähe bekommen würde. Ich war achtzehn und musste mir keine Gedanken darüber machen, dass der Arzt meiner Mutter sagen würde, dass ich mir die Pille verschreiben oder das Stäbchen einsetzen lassen würde. Es wäre ihr vermutlich sowieso egal, wenn ich sexuell aktiv war. Vielleicht war sie sogar stolz, dass ich auf Nummer sicher gehen wollte.

„Ich kann es kaum abwarten", sagte er und nahm ein Stück Papier aus der Schublade und schrieb etwas darauf. „Hier ist meine Adresse. Morgen Abend bei mir. Ich mache uns Abendessen."

Ich konnte nur nicken, aber ich hatte Schmetterlinge im Bauch, die wild umherflogen.

„Tag deine Uniform, aber kein Höschen."

Nur ein weiteres Nicken.

„Ich versuch's."

Und so stand ich auf und ging zur Tür. „Und Jane?" Ich drehte meinen Kopf in seine Richtung, genau wie ich es am letzten Schultag getan hatte. Dieses Mal wusste ich, dass er mich wollte. Mein Bauch war voll mit seiner Wichse, die es beweisen würde.

„Keine Selbstbefriedigung. Deine Pussy gehört mir. Ich habe dich mit Absicht nicht kommen lassen. Und Schläge sind nicht die einzige Bestrafung, die ich dir geben werde, wenn du unanständig bist. Wenn du dich selbst befriedigst, werde ich das wissen."

Meine Pussy zog sich zusammen und ich fragte mich, wie ich es bis morgen Abend aushalten würde.

KAPITEL 4

 ane

Mir gefiel es und gleichzeitig hasste ich das Gefühl, wie der Wind der Nacht über meine nackte Pussy unter den kurzen Rock blies. Ich war die einzige Person, die noch ihre Schuluniform trug. Ich hatte meinen Schulabschluss und war keine Schülerin mehr. Aber ich war Herr Parkers Schülerin und wenn er wollte, dass ich die unanständige Schuluniform trug, dann tat ich das.

Genau wie er es wollte, trug ich kein Höschen und als ich aus dem Auto stieg und auf seine Veranda zuging, wurde mir warm und kalt gleichzeitig: kalt von der Nacht, aber warm angesichts der Gedanken, die mir durch den Kopf gingen. Ein Teil von mir hatte Angst. Mir wurde immer eingeflößt, nicht mit Fremden zu sprechen und auf keinen Fall mit zu ihnen nach Hause zu gehen. Ich schüttelte meinen Kopf.

Herr Parker war kein Fremder. Ich war das letzte Jahr in seiner Klasse gewesen. Ich hatte ihm gestern einen geblasen. Wenn er böse Absichten hätte, hätte er sein wahres Gesicht bereits gezeigt. Ich verdrängte die negativen Gedanken. Ich wusste, dass ich mir umsonst Sorgen machte.

Ich hatte mir am Morgen das Stäbchen einsetzen lassen und es war wie ein Alarmruf gewesen. Ich meine, ich würde meine Jungfräulichkeit verlieren – es würde wirklich passieren. Ich war ein wenig enttäuscht, als mir der Frauenarzt gesagt hatte, dass ich sieben Tag warten müsste, um vollständig geschützt zu sein und nicht schwanger zu werden. Ich machte mir eine mentale Notiz, um Herrn Parker davon zu erzählen. Er würde warten können ... oder? Er musste nicht auf der Stelle Sex haben, oder doch? Er würde nicht nach jemand anderen Ausschau halten ... richtig?!

Er machte die Tür auf, bevor ich überhaupt geklingelt hatte.

„Ich habe dein Auto gehört", erklärte er. Wenigstens hatte er sich auf mich gefreut.

Er ging zur Seite, um mich reinzulassen. „Du hast hoffentlich nichts unter dieser Uniform an, junge Dame."

Allein seine tiefe, kommandierende Stimme ließ mich feucht werden.

Als ich mich umdrehte, um ihn anzusehen, hatte er die Haustür schon zu gemacht und sich mit verschränkten Armen dagegen gelehnt.

Ich verstand jetzt, dass er darauf wartete, dass ich es ihm zeigte.

Langsam zog ich meinen Rock hoch und hielt den Saum mit meinen Fingern an meiner Taille. Seine Augen weiteten sich beim Anblick meiner Pussy, die nackt, feucht und bereit war. Ich war mir nicht sicher, warum er so überrascht aussah, aber er starrte es so intensiv und geheimnisvoll an, dass ich an die Abschlussfeier zurückdenken musste. Ihm einen zu blasen, hatte sich unglaublich gut angefühlt. Ich hatte geglaubt, dass es Frauen nur taten, um die Männer zu befriedigen, aber ich würde es trotzdem jederzeit und ohne zu fragen wieder tun. Es gab *mir* Macht. So wie ich ihn zum Kommen brachte. Eine kleine, junge Jungfrau wie ich hatte Herrn Parker ordentlich den Schwanz geblasen.

Alles – ich wollte einfach nur mehr; von der Form seines Schwanzes und wie er sich in meiner Hand und an meinen Lippen und in meinem Hals anfühlte bis hin zu dem Gefühl seiner Wichse und wie er in meinem Mund abspritzte. Der Geschmack davon.

„Warst du beim Arzt?"

Ich nickte und begann meinen Rock runterzuziehen, aber sein Kopfschütteln ließ mich anhalten.

„Ich will einen Blick auf meine jungfräuliche Pussy werfen."

Ich räusperte mich und wurde rot, aber beantwortete seine Frage. „Die Ärztin ... sie, ähm, hat gesagt, dass wir eine Woche warten müssen."

Er nickte nur und sagte, dass ich meinen Rock ausziehen könnte. „Komm."

Er nahm meine Hand und ließ mich rein. Sein Haus fühlte sich wie ein Zuhause an. Es war nicht so groß wie das Haus meiner Eltern, was eigentlich eine Villa war, aber es reichte voll und ganz für ihn. Sein Wohnzimmer war mit einem Spielsystem der neusten Art ausgestattet und direkt darunter war sein Fernseher und eine Reihe an Spielkonsolen, die nur darauf warteten, dass damit gespielt wurde. Es waren nicht die ganzen Konsolen, die mich anmachten und feuchter werden ließen, als ich es ohnehin schon war, sondern die Einrichtung. Ich dachte an all die Orte, an denen wir Sex haben könnten: auf dem Computer-tisch und der Dreiercouch, dem Esstisch und der Granitplatte in der Küche. Meine Gedanken liefen auf Hochtouren und er war der Einzige, der sie beruhigen konnte.

„Ich hatte versprochen, unser Abendessen zu kochen. Auf diese Weise können wir den Lärm der Schule und die neugierigen Augen meiden."

„Und das Vorspiel ... das können wir auch nicht in der Öffentlichkeit machen", fügte ich hinzu. Bis jetzt war ich so ruhig geblieben, weil ich nicht wollte, dass er bereute, dass ich vorbeigekommen war. Es war alles, was ich wollte.

„Oh, Jane ..." Er schüttelte seinen Kopf und er hatte wieder dieses Lächeln im Gesicht. „Es gibt so viel, was ich dir beibringen will ..."

Ich wollte ihm Fragen stellen, aber er ging in die Küche. *Was genau hatte ich zu erwarten? Könnten wir das Vorspiel und Sex in der Öffentlichkeit haben?* Ich würde nach Pornos schauen, in denen in der Öffentlichkeit Sex stattfindet. Ich stellte auch fest, dass es eine Menge gab, was ich noch lernen musste. Aber hey, wenn ich etwas lernen müsste, würde ich Sexualkunde definitiv vor Mathe oder Englisch wählen.

Der leckere Geruch von italienischem Essen lenkte mich ab und ich ging in die Küche, wo Herr Parker vorsichtig Lasagne aus dem Ofen holte.

„Herr Parker, das sieht köstlich aus."

„Nenn mich einfach nur Gregory", sagte er zwinkernd. „Aber sagt das nicht deinen Mitschülerinnen."

Mein Herz raste. Ich durfte ihn mit seinem Vornamen ansprechen? Keiner meiner Freundinnen konnte das.

„Ex-Mitschülerinnen." Ich grinste ihn ebenfalls auf meine eigene Art und Weise an. „Ich habe gestern meinen Abschluss gemacht, erinnerst du dich?"

Herr Parker − Gregory − schüttelte seinen Kopf und lächelte dabei weiter auf seine Art und Weise. „Natürlich. Wie konnte ich vergessen, was wir getan haben?"

Eine Hitzewelle überkam mich − von Brust bis Pussy. Wir dachten dasselbe. Dieser Moment im Klassenzimmer war zu gut als das man ihn je vergessen könnte. Ich atmete stark aus. Ich musste mir nicht mehr so viele Sorgen machen. Es sah nicht so aus, dass er weglaufen wollte.

„Kann ich mit irgendetwas helfen?" fragte ich.

Ein großer Teil von mir hoffte, dass er „Nein"
sagen würde. Ich war keine große Hilfe in der Küche,
da meine Eltern Haushaltshilfen engagiert hatten, die
alles im Haus erledigten, einschließlich des Kochens,
der Wäsche und der Gartenarbeit. Ich wollte es nicht
laut sagen, aber es war mir plötzlich peinlich, dass ich
so verwöhnt war. Ich hoffte, dass Herr Parker nicht
anders über mich denken würde, wenn er feststellte,
wie verwöhnt ich war und so gut wie nichts im Haus
selber machen konnte. „Ich kann die Getränke
übernehmen."

„Schh", antwortete er schnell. „Du bist mein Gast.
Ich habe Knoblauchbrot im Ofen. Ich habe es schon
vor einer Weile für uns vorbereitet. Setz dich und
mach es dir bequem." Ich nickte ihm zu. „Du kannst
ins Wohnzimmer gehen und dir einen Film aussuchen.
Ich bin sofort da."

„Okay." Ich wusste, dass es besser war, auf ihn zu
hören. Wenn Herr Parker etwas wollte, dann bekam er
es. Dass ich zu Besuch war, war keine Ausnahme, jetzt
wo ich nicht mehr in seinem Klassenzimmer war.

Nach ein paar Minuten kam er mit der Lasagne
und Brot zu mir. Mein Magen knurrte, als der Geruch
an meiner Nase vorbeizog und mir das Wasser im
Mund zusammenlief.

Er stellte die Teller auf dem Couchtisch ab, bevor
er wieder in die Küche ging. Als ich mich umdrehte
und fragte, was er da machte, kam er mit einer Flasche
Sprudelwasser und zwei Gläsern wieder. Er schenkte
uns etwas ein und machte es sich dann auf der Couch
neben mir bequem. Unsere Beine berührten sich und

ich konnte nicht verhindern, dass mein Herz einen Schlag aussetzte und sich meine Nippel zusammenzogen. Er hatte einfach nur diesen Effekt auf mich.

„Ist es deinen Eltern recht, wenn du nachts wegbleibst?" fragte er dann.

Da ich fast zehn Jahre jünger war als er, nahm ich eine Abwehrhaltung ein. „Ich bin schon achtzehn."

Er lächelte mich an, musterte meinen Körper und antwortete murmelnd: „Ich weiß."

Ich beruhigte mich, bevor ich sagte: „Sie sind in Europa ... schon seit ein paar Wochen."

„Hmm ... das dachte ich mir." Als ich eine Augenbraue hochzog, fuhr er fort: „Anne und ihre anderen Freundinnen hatten einen Strauß, aber ... du ..."

„Nichts ... ich hatte nichts", beendete ich den Satz und sah, wie er zustimmend nickte.

Bevor die Stimmung noch schlechter wurde, hustete er und lenkte vom Thema ab.

„Was sind deine Uni-Pläne?"

Ich machte große Augen. Zum einen, weil er schon die Hälfte gegessen hatte und zum anderen, weil er mir Fragen stellte. Echte Fragen über mich. Nicht darüber, wie feucht ich war oder ob ich einen BH trug.

Ich hatte gedacht, dass er nur Sex von mir, einer Jungfrau, wollte, also warum unterhielten wir uns tatsächlich? Ich beschwerte mich ja nicht. Ganz bestimmt nicht. In Wahrheit mochte ich ihn nur noch mehr. Er wollte eigentlich mit mir, einem Mädchen, das kaum etwas über die Welt wusste, sprechen. Er sah nicht auf mich herab. *Könnte er noch perfekter sein?*

Während des Abendessens erzählte ich ihm von

meinen Plänen an die Uni in der Nähe zu gehen. Dabei hielt ich Augenkontakt und stellte fest, dass mich der Anblick dieser karamellfarbenen Augen niemals langweilen würde.

regory

„WARUM WILLST du hier zur Uni gehen?" fragte ich und sah ihr dabei zu, wie sie einen Schluck von ihrem Getränk nahm. Ich sah ihr beim Schlucken zu und erinnerte mich daran, wie sie all meine Wichse geschluckt hatte.

Ich versuchte mein Bestes, mit dem Kopf zu denken und nicht mit meinem Schwanz, aber es war fast unmöglich. Zu wissen, dass sie nichts unter ihrer Schuluniform trug, machte mich hart. Ich faltete meine Hände und legte sie auf die wachsende Beule an meiner Hose.

Ich wollte nicht, dass sie dachte, dass ich sie nur für Sex wollte. Sicherlich war das einer der Hauptgründe, aber bei Jane ging es um so viel mehr als nur Sex. Sie gehörte mir. Die Gewissheit, dass sie für die Uni in der Stadt bleiben wollte, machte das Gefühl nur noch offizieller.

Es gab so viel, was ich über sie lernen und wissen wollte. Sie hatte so viele Seiten, die ich kennenlernen wollte und ich war bereit, mir dafür Zeit lassen zu wollen.

„Was meinst du?" antwortete sie und wischte sich mit der Serviette den Mund ab.

„Die Uni ist klein. Du bist ein sehr kluges Mädchen, Jane, nicht nur in meiner Klasse." Ich machte eine kurze Pause. „Wenn du wolltest, könntest du zu einer der besten Schulen irgendwo im Land gehen."

Ich sah sie an. Es gab nichts Schöneres als die Art und Weise, wie sie ihre braunen Augen aufriss. Sie hielt den Atem merklich an, atmete aus und blieb dann für einige Sekunden ruhig. Sie sah nervös aus. Ihr Gesichtsausdruck zeigte Sorge, da sie die Stirn runzelte. Ich hatte diese Seite an ihr noch nicht gesehen – aufrichtige Sorge.

Sie war die Art Mädchen, die wusste, wie sie sich zu geben hatte und schien nie ein Problem im Leben zu haben. Sie war die Flure in der Schule mit diesem breiten Lächeln entlang gegangen und schwenkte auf sexuelle Art und Weise ihre Hüften. Sie jetzt zu sehen – diese andere Seite von ihr – weckte mein Interesse nur noch mehr.

„Ich bin mir nicht sicher, ob ich das könnte ..."

Ich legte eine Hand auf ihr Knie und drückte es,

um ihr anzuzeigen, dass sie fortfahren sollte. Sie schaute mich für einen Moment an, bevor sie ihren Kopf neigte und sich wegdrehte.

„Ich war noch nie von zu Hause weg. Ich habe keine Ahnung wie es ist, allein zu wohnen."

Sie hielt kurz an. Ihre Zurückhaltung war offensichtlich. Sie schob ihre Unterlippe vor und schaute nach unten. Sie sah beschämt aus.

Ich zog sofort meine Augenbrauen zusammen. Eine beschämte Jane war nicht der Anblick, den ich sehen wollte. Es passte nicht zu ihr.

„Ich hatte noch nie einen Job. Ich mache nicht einmal meine eigene Wäsche. Ich kann nicht kochen. Alles wurde immer für mich erledigt, ob ich es wollte oder nicht. Sicherlich werden meine Eltern weiterhin für alles bezahlen, aber sie waren nie wirklich da." Sie warf die Hände hoch und ließ sie wieder fallen. „Ich weiß nicht. Ich habe einfach kein Interesse daran, hier wegzuziehen. Ich fände es gut, hier in der Stadt zur Uni zu gehen."

„Gut", sagte ich. Sie gehörte mir und ich würde sie nicht an eine Uni zwei Zeitzonen weiter gehen lassen. Ich würde sie aber auch nicht davon abhalten, wenn es ihr Traum war, aber dem war nicht so. Ihre verdammten Eltern hatten ihr nicht die Zuversicht gegeben, unabhängig zu sein. Während sie sich sicher war, dass sie studieren wollte, war es nicht spannend für sie, rauszukommen. Warum auch, wenn sie kein sicheres und liebendes Zuhause hatte?

„Gut?" wiederholte sie und biss sich auf die Lippe.

„Weil deine Pussy mir gehört, erinnerst du dich?"

Sie nickte und sah nach unten. Ihre Wangen erröteten hübsch.

„Willst du das noch? Willst du immer noch, dass ich die Kontrolle habe?"

Sie sah schnell hoch. „Ja, Herr Parker." Sie klang unerbittlich.

„Braves Mädchen."

Ich sah ihr zu wie sie das Lob annahm.

„Es scheint, dass es noch viele Lektionen gibt, die ich dir beibringen muss, oder?"

Ihre Wangen wurden dunkler, als sie verstand, dass ich vom Ficken redete. Ja, ich würde ihr genau das beibringen, was mir gefiel und ihr zeigen, wie sehr es auch ihr gefallen würde.

„Ja, Herr Parker", sagte ich wieder.

Sie steckte ihre Haare hinters Ohr und sagte: „Bestrafung gehört auch dazu, Jane. Bist du bereit übers Knie gelegt und verhauen zu werden, um deine Lektion zu lernen? Deinen Arsch mit einem Analplug versehen zu bekommen, um zu verstehen, wer die Kontrolle hat?"

Ihre Augen weiteten sich. Ja, ich würde einen großen Plug in ihren Arsch stecken, damit sie sich daran erinnern könnte, zu wem sie gehörte. Wenn es denn nötig wäre. Oder wenn ich es einfach nur wollte. Je mehr sie verstand, wie die Dinge sein könnten, umso besser.

„Bestrafst du mich auch, wenn ich koche und das Essen anbrennen lasse?" fragte sie deutlich besorgt.

„Ich bestrafe dich dafür, wenn du vergesslich warst, weil du ein Spiel auf deinem Handy gespielt hast."

Sie nickte.

„Ich bestrafe dich, wenn ich dich dabei erwische, dass du beim Autofahren textest. Oder wenn du dein Handy nicht dabei hast, wenn du ausgehst. Oder wenn du mit irgendwelchen Jungen an der Uni flirtest."

Sie lächelte daraufhin. „Jungen von der Uni? Ich will keinen Jungen. Ich will ... dich."

„Du willst einen Mann, der weiß, was er tut, nicht wahr?"

Sie nickte und warf mir einen unschuldigen Blick zu. „Es gefällt mir, wenn du die Kontrolle hast", gab sie zu.

Sie war immer noch schüchtern, wenn es um ihre Sexualität ging, aber es ging aufwärts. Sie hielt öfter Augenkontakt und sie war immer eine gute Schülerin, wenn es darum ging, zuzuhören und sicherzugehen, dass sie alles verstand und befolgte, was ich sagte.

„Ach ja?" Sie nickte nur, aber das war mehr als ausreichend. „Gefällt es dir, wenn ich dir sage, was du tun sollst? Wenn ich dir sage, wie du meinen Schwanz zu lutschen hast?"

„Ja", flüsterte sie und ich sah zu, wie sie ihre Augen für eine Sekunde lang schloss.

„Wenn ich dich bestrafe, weil du ein böses Mädchen warst?"

„Ja."

„Wenn ich dich belohne, weil du brav warst?" Ich legte meine Hand auf ihren nackten Schenkel und rutschte hoch unter den Saum ihrer Uniform.

„Hm—" Ich sah, wie sie tief einatmete, bevor sie antwortete: „Ja, ich liebe dich."

„Hast du gestern Abend mit dir gespielt, als du alleine im Bett warst? Hast du diese Schenkel breit gemacht und deine Finger in dein jungfräuliches Loch gesteckt? Hast du dich selbst zum Höhepunkt gebracht?"

Sie schüttelte vehement den Kopf.

„Nun, dann warst du definitiv ein braves Mädchen und hast alles befolgt, was ich gesagt habe", begann ich. Ich hob ihr Kinn mit einem Finger an und neigte ihren Kopf nach hinten, bis sich unsere Blicke trafen. „Und weißt du, was brave Mädchen bekommen?"

Ihre Wangen wurden schnell rot. „Ich hoffe ... ich hoffe, dass ich kommen darf."

„Das wirst du schon herausfinden", sagte ich mit einem verschmitzten Lächeln, während ich sie langsam auf das Sofa drückte, damit ihr Rücken bequem gegen das Kissen gelehnt war.

Wenn ich mit ihr fertig war, würde sie an meiner Hand ... oder in meinem Mund feucht sein. Ich konnte es nicht abwarten – ihren euphorischen Blick zu sehen, wenn sie das erste Mal geleckt wurde.

Ich fiel vor ihr auf dem Teppich auf meine Knie. Ich zögerte nicht, ihren Arsch näher auf die Kante des Sofas zu ziehen, bevor ich ihre Knie auseinander-spreizte. Ich atmete ein, als ich ihre glitzernd feuchten und in gewisser Weise vorwurfsvollen Schamlippen sah. Mit einem Atemzug nahm ich ihren süßen Duft auf.

„Du bist tropfend feucht", brummte ich. Ihre Feuchtigkeit benetzte sogar ihre Schenkel."

Sie stöhnte und hob ihre Hüften an, als ich mit meinen Fingern durch ihr Verlangen glitt. Ich wollte sie langsam, fast schon akribisch nehmen. Ich wollte, dass sie aus Verzweiflung nach mir flehte. Nach dem, was ich ihr geben würde.

Ich wollte, dass sie so laut sie wollte stöhnt und schreit. Es war mir mehr als egal, ob ihre Schreie meine Nachbarn wecken würden. Sie war achtzehn. Alles, was wir taten, war legal, aber in diesem Fall, bedeutete legal nicht sicher und langweilig. Ich musste bei dem Gedanken schon fast laut lachen. Ich hatte viele Dinge im Kopf und nichts davon war sicher oder langweilig. Da war viel für sie drin.

Ich brachte ihre Feuchte zu meinem Mund und sie sah dabei zu, wie ich meine Finger ableckte. Sie schmeckte süß und scharf und mein Mund wurde wässrig.

Ich warf einen Blick auf ihr jungfräuliches Loch, an dem die Lippen leicht auseinander gingen und wollte mir die Hose vom Leib reißen und in sie eindringen. Aber es war noch nicht an der Zeit. Selbst wenn ich sie jetzt erobern könnte, würde ich es nicht tun. Es gab so viel Neues, das sie erlebte, dass ich erst einmal erobern musste, bevor ich sie entjungferte.

„Gefällt dir das?" fragte ich lächelnd und rieb mit meinem Daumen kreisend über ihre Klit. Ich spürte, wie eine Welle Selbstvertrauen, über mir einbrach. Jede meiner sanften Berührungen brachte sie dazu, ihre Hüften zu bewegen. Ich konnte nicht auf das

Finale warten und mein Schwanz teilte mir mit, dass ich zur Sache gehen sollte.

Jane spreizte ihre Beine breiter. Ihre Pussy war nur mit einem schmalen Streifen heller Haare bedeckt. Es war ordentlich und getrimmt und ich konnte nicht anders als zu glauben, dass jede Sekunde mit ihr voller Überraschungen war.

Für eine Jungfrau wusste sie durchaus, was sie tun und wie sie sich verhalten musste. Meine Gedanken schweiften automatisch zum gesterigen Tag. Sie hatte nie einen Schwanz gesehen, aber sie wusste durchaus wie sie an meinem lutschen sollte. Ihre verschämten Blicke und ihre weiche, kaum hörbare Stimme bestätigten es aber doch: Sie war eine Jungfrau.

„Herr Parker—" stöhnte sie mit geschlossenen Augen.

„Ganz richtig. Du nennst mich Herr Parker, wenn du deine Uniform trägst und wenn du meine Schülerin bist ", sagte ich ihr. „Ich will das genauso hören, wenn du mich um die schmutzigeren, unanständigeren Dinge, die ich mit dir machen werde anflehst."

Sie stöhnte erst einmal, dann noch einmal und ihr Kopf fiel aufs Kissen und sie wölbte ihren Rücken.

„Mach die Knöpfe auf und zeig mir deine Brüste."

Sie knöpfte die kleinen Knöpfe mit ihren Fingern auf und streifte ihre Bluse beiseite, sodass ihre Hügel freigelegt waren.

Ich brachte sie zum Schweigen. „Kein BH, Jane. Hat irgendjemand anderes deine harten Nippel durch die dünne Bluse gesehen? Hat irgendjemand diese hübschen Titten wackeln sehen, wenn du gingst?"

„Nein, Herr Parker", sagte sie, während ich eine Brust in die Hand nahm und meinen Daumen über die harte Spitze rieb. Eine gute Handvoll, perfekt, nicht zu groß, vielleicht ein B-Körbchen... wenn sie einen BH trug. Sie lagen hoch und waren aufgerichtet, genauso wie es bei Brüsten einer jungen Dame der Fall sein sollte.

Sie japste, als ich leicht zwickte.

Perfekt. Es schien, als ob ihr ein paar Schmerzen beim Sex gefallen würden.

Während ich mit ihren Brüsten spielte, senkte ich meinen Kopf und begann mit meinem Mund an ihr zu spielen. Endlich.

Sie war glatt und süß und ich konnte ihre Pussy stundenlang lecken.

Aber ich hatte sie seit gestern am Rande des Wahnsinns gehalten. Ich hatte sie verhauen und ich hatte mit ihrer Klit gespielt, bevor sie meinen Schwanz gelutscht hatte. Dann hatte ich sie geiler als je zuvor gehenlassen. Sie war so scharf, eine falsche Bewegung mit meiner Zunge an ihrer Klit und sie würde kommen. Sie wandte sich und schrie, während ihre Feuchtigkeit meine Lippen benetzte.

Der Klang ihres Orgasmus ließ mich auch fast zum Höhepunkt kommen. Sie drückte ihre Schenkel fest um meinen Kopf und sie zitterten, als sie kam. Ihre Atmung war abgehackt und ich wusste, dass sie nie so stark gekommen war, wenn sie sich selbst berührt hatte.

Nein, sie würde auf meinem ganzen Gesicht kommen.

„Bitte", flehte sie.

„Was brauchst du, junge Dame?"

Sie war unanständig auf meinem Sofa ausgebreitet. Der Rock ihrer Uniform war an ihrer Hüfte hoch geschoben, ihre Beine waren gespreizt und ihre Pussy stand zur Schau: pink und geschwollen tropfte sie auf das Lederkissen des Sofas. Ihre hübschen Titten waren gut sichtbar, da die Bluse offen war. Ihre helle Haut glitzerte verschwitzt. Sie war genau das, was ich mir unter einer Schulmädchenfantasie hätte erträumen können.

„Mehr", atmete sie.

„Mehr was?" fragte ich. „Sprich und sag es deinem Lehrer."

„Von deinem Schwanz. Bitte. Ich fühle mich ... ich fühle mich leer."

Ich hatte mich danach gesehnt, das von ihr zu hören. Zärtlich kreiste ich um ihren Eingang. „Deine Pussy ist tabu. Kein Schwanz in das Loch."

Sie wimmerte enttäuscht.

„Ich weiß, es ist schwer, aber das ist die Anordnung des Arztes. Ich habe schon deinen Mund beansprucht." Ich ging mit meinen Fingern tiefer und kreiste um den faltigen Eingang ihres Arsches.

„Wenn du meinen Schwanz willst, dann ficke ich dich zunächst hierein. Hat dich ein Junge jemals hier angefasst?"

Sie spannte sich an, aber sie schüttelte ihren Kopf, während ich um das enge Loch kreiste und dagegen drückte. „Nein."

„Dann wird das die Lektion für heute Abend sein. Mein Schwanz in deinem Arsch."

„A-aber—"

„Du trägst deine Uniform, junge Dame. Du wirst meine brave Schülerin sein, nicht wahr, Jane?"

Sie machte die Augen auf. Sie waren glasig vor lauter Leidenschaft, aber gleichzeitig gefüllt mit unschuldiger Skepsis. Sie sah an sich herunter und zog die Bluse wieder zusammen. Allerdings ließ es sie nicht weniger erotisch aussehen.

Sie in ihrer Schulmädchenuniform zu sehen machte sie verdammt heiß und es war auch ein Zeichen ihrer Rolle. Meine Schülerin. Meine.

„Ja, Herr Parker."

„Das ist richtig." Um das Eindringen zu erleichtern, nutzte ich ihre Feuchtigkeit und drückte die Spitze meines Fingers in ihren Hintern. Sie stöhnte dabei. Dann zog ich in wieder raus, stand auf und hob sie in meine Arme.

„Braves Mädchen. Dieses jungfräuliche Loch gehört auch mir und ich werde es jetzt ficken."

KAPITEL 6

ane

Iᴄʜ ʟᴇɢᴛᴇ meinen Kopf an Herrn Parkers Hals. Er fühlte sich so, *so* gut an. Er fühlte sich warm an und seine Arme lagen fest um mich. Mir war warm und ich fühlte mich durch ihn beschützt. Er ging die Treppen hoch und trug mich wie seine Braut. Als wir oben angekommen waren, drehte er sich nach links und ging auf das Ende des kurzen Flurs zu.

Er trat die Tür hinter uns zu und mein Herz schlug schneller, als ich das große Bett in der Mitte des Zimmers sah. *Das hier* würde tatsächlich passieren – Analsex.

Ich hatte entsprechende Pornos gesehen, aber ich

konnte mir nicht vorstellen, warum man es wirklich tat. Reichte ihm meine Pussy etwa nicht aus?

Warum musste man ein zweites Loch finden, wenn man eh schon geil war?

Herr Parker wollte es aber und hatte sogar schon seine Fingerspitze in mich gesteckt. Es hatte nicht wehgetan, aber es war unangenehm und... komisch. Und gut, wenn ich die Wahrheit zugab. Aber sein Schwanz? Er war in meinem Mund gewesen, also wusste ich wie groß er war, aber da?

Herr Parkers Begeisterung machte mich neugierig. Er war der Erfahrenere. Er wusste, dass es mir gefallen würde. Er würde es sonst nicht tun.

Nachdem ich es in einem Porno mal gesehen hatte, versuchte ich mir einen Finger in den Arsch zu stecken, aber das Gefühl war nichts für mich. Würde es diesmal anders sein? Jetzt, da ich es mit jemandem machen würde, der wesentlich erfahrener war? Vielleicht hatte ich anales Fingern falsch gemacht. Ich *hoffte*, dass ich falsch lag.

Herr Parker warf mich aufs Bett und ich federte einmal hoch. Ich quiekte, bevor ich meinen Körper höher in Richtung des Kopfendes brachte.

„Zieh deinen Rock hoch an die Taille, junge Dame. Zeig deinem Lehrer deine hübsche Pussy und deinen Arsch."

Er stützte sich mit seinen Händen auf die Bettkante und sah dabei zu, wie ich den Rock wieder hochzog, während sich meine Brüste dabei bewegten. Dann kam er näher, bis er über mir war. Er strich mir leicht über die Haut. Hoch und runter und hoch und runter an meinen Schenkeln und wanderte immer weiter nach innen.

„Du bist so verdammt feucht, Jane", flüsterte er in mein Ohr, während ich meine Augen geschlossen hielt. „Ich liebe alles an dir. Deine runden, weichen Brüste, deine Pussy, die immer feucht ist und das enge Loch in deinem Arsch, das bald voll und ganz mir gehören wird."

Er griff zu seinem Nachttisch, öffnete eine Schublade und holte eine kleine Flasche Gleitgel heraus und warf ein kleines eiförmiges *Ding* aufs Bett.

Er klappte den Deckel der Flasche auf, träufelte ein bisschen auf seine Finger und rieb sie aneinander um sie gut zu benetzen.

Ich biss mir beim Zuschauen auf die Lippe.

Mit der anderen Hand nahm er das Ei und drückte auf den Knopf. Ich konnte die Vibrationen hören und als er es direkt an meine Klit legte, zuckte ich mit den Hüften.

„Ah-!" Ich stöhnte erschrocken, als die Vibrationen meine ohnehin schon sensible Klit bearbeiteten. Ich musste meine Augen fest schließen, da mich diese Wellen der Lust überkamen. Ich begann seine Hand zu ficken und meine Hüften nach vorne zu stoßen, während meine Pussy sich um deine Handfläche zusammenzog. Es war alles einfach zu viel.

„Herr Parker, *bitte*, fingern Sie mich", flehte ich verzweifelt, aber ich wusste bereits, welche Antwort ich zu erwarten hatte.

„Nein", sagte er schnell und gab mir einen kleinen Klaps auf die Innenseite meines Schenkels. „Ich werde dich führen." Er zog das Ei weg. „Du böses Mädchen. Du weißt, dass nichts außer meinem Schwanz in diese jungfräuliche Pussy kommt."

Ich war bereit, wieder zu kommen, ein zweites Mal innerhalb weniger Minuten und ich liebte es, bis er den Vibrator wegnahm. Er hatte gesagt, dass es schlimmere Bestrafungen gab, als verhauen zu werden und er hatte Recht. Ich wandte mich begierig und er hielt mich davon ab, einen Orgasmus zu haben.

„Auf alle Viere. Ja, genau so. Stütz dich auf den Ellbogen ab und heb deinen Arsch hoch. Ja."

Ich kreiste mit den Hüften.

„So eine gehörige Schülerin. Wenn ich deinen Arsch will, dann gehst du in diese Position."

Er berührte mich nicht, sondern wartete nur. Ich schaute über meiner Schulter zu ihm.

„Ja, Herr Parker", sagte ich schließlich.

Ich sah dabei zu, wie er das Gleitgel nahm und spürte, wie das kalte Gel herausspritzte und auf mein Loch tropfte, dass er bald ficken würde. Sein benetzter Finger war da und kreiste und drückte daran. Bald schon drang der Finger in mich ein. Ich krümmte mich, als er seinen Finger tiefer in mich steckte und dann wieder herauszog. Würde es sich auch so anfühlen, wenn ich einen Finger in meiner Pussy hätte? Meine inneren Muskeln zogen sich vor lauter Vorfreude zusammen. Nur sein Finger war in meinem Arsch, aber es fühlte sich einfach so, *so* eng an.

Er begann mich mit dem einen Finger zu ficken und es fühlte sich komplett anders an als das eine Mal, als ich es versucht hatte, meinen Arsch selbst zu fingern.

„Du wolltest doch gefingert werden, nicht wahr junge Dame? Wie gefällt dir die Lektion von heute bisher?"

Ich schloss meine Augen und gab mich dem Gefühl, Herr Parkers Bewegungen in mir, voll und ganz hin. Es dauerte nicht lange, da begann er, sich schneller zu bewegen. Seine Finger drückten rein und raus, bevor ein zweiter und dann ein dritter hinzukamen.

Ich war so ausgefüllt, dass ich das Laken ergriff und bei dem glatten Dehnen stöhnte. Ich würde kommen. Das allein würde mich zum Kommen bringen, weil er mich mit diesem verdammten Vibrator geil gemacht hatte.

„Bitte", flehte ich.

„Bist du bereit für meinen Schwanz?" fragte er und legte seine Hand in die Mitte meines Rückens. Ich spürte seine Dominanz und wusste, dass er mich genau dahatte, wo er mich haben wollte.

Ich nickte und meine Nippel rieben an der Decke.

Ich quiekte ein „Ja".

Meine Augen blieben zu, während sich seine Finger weiterbewegten und sich an meinem Arsch zu schaffen machten. Ein Teil von mir war nervös, aber ein anderer Teil war aufgeregt, dass sein Schwanz von hinten in mich eindringen würde. Ich war mir sicher, dass keines der anderen Mädchen in den Arsch gefickt wurde. Sie hatten alle gesagt, dass Herr Parker der bestaussehende Lehrer der Schule war, aber ich war die einzige, die ihn bekommen würde.

Das bloße Gefühl seiner Finger, wie sie rein und raus glitten, war schon mehr als genug. Ich konnte mir kaum vorstellen, wie sich sein Schwanz anfühlen würde. Er musste größer sein als seine Finger. Ich würde es bald herausfinden.

Er zog seine Finger raus und ich machte meine Augen auf, als ich das Geräusch seines Gürtels und seines Reißverschlusses an seiner Jeans hörte. Ich hörte auch, wie er mehr Geld aus der Flasche drückte und ich begann zu zittern.

„Geduld, Jane", sagte er immer noch mit einer tiefen und kräftigen Stimme. „Ich bereite meinen Schwanz vor, damit er ganz glatt ist. Ich will dir nicht wehtun. Wir gehen es langsam an. Ich werde dich durch alles führen und du wirst das beste Erlebnis haben, das du je haben könntest." Ich nickte und krümmte meinen Rücken. Dann spürte ich die Spitze seines Schwanzes an meinem Eingang.

In dem Moment, setzte mein Herz kurz aus. Wir erlebten einen heißen, leidenschaftlich Moment miteinander, mein Herz war ruhig, entspannt ... und gewollt. Er klang so, als ob er sich um mich sorgte, als ob er mir nicht weh tun wollte, als wäre das hier kein Schüler-Lehrer-Rollenspiel. Er klang so, als wäre er wirklich an mir und an dem Erlebnis, das er mir bereitete, interessiert. Ich konnte nicht anders: meine Gefühle für ihn wurden stärker. Er war nicht nur der erfahrene Lehrer, an den ich meine Jungfräulichkeit verlieren wollte. Ich wollte mehr Zeit mit ihm verbringen, ihn besser kennenlernen. Ich wollte, dass er einen größeren Teil in meinem Leben spielte.

„Hm–!" Ich quietschte, als er begann, seinen Schwanz in mich zu drücken. Er hielt mich an der Hüfte fest und vergewisserte sich, dass ich mich nicht wegzog, wenn er weiter eindrang. Ich ergriff die Decken, um mich von dem Gefühl seines vollen Schwanzes, der seinen Weg in meinen engen Arsch drückte, abzulenken. Ich konnte das Gefühl nicht erklären. Es tat nicht weh, als er versuchte mich auszudehnen. Es fühlte sich gut an, aber gleichzeitig war das Gefühl sowohl bekannt als auch neu. Ich konnte es nicht erklären.

„Denk nicht so viel nach, Jane", sagte er und gab mir einen Kuss auf die Schulter. „Ich merke, dass du gestresst und nervös bist. Entspannen und tief einatmen. Lass es raus und drücke dagegen. Gut."

Ich tat, was er sagte und spürte, wie seine breite Spitze in mich eindrang. Ich hörte, wie er in dem Moment tief einatmete und es war wie Musik in meinen Ohren als er sagte: „Fuck."

Ich konnte nicht anders und kreiste meine Hüften. Er nahm es als Zeichen, tiefer in mich einzudringen und als er es schließlich tat, begann er ein und aus zu stoßen. Erst noch langsamer, damit ich mich an das Gefühl gewöhnen konnte. Aber dann, während er in mich eindrang und wieder rauszog, griff er nach vorne und fasste um eine Brust und zog mich näher bis mein Rücken genau an seiner Brust lag. Er stieß von hinten in mich ein und ich liebte das Gefühl, seinen Körper direkt hinter mir zu spüren. Ich fühlte mich sicher und beschützt. Es gab nichts, was mich verletzen konnte. Er würde mich vor allem außerhalb unserer eigenen kleinen Welt beschützen. Selbst dann, wenn er die schmutzigsten und verrücktesten Dinge mit mir anstellte.

„Gefällt dir das, Jane?" fragte er und ich nickte.

„Ja, Herr Parker."

„Ich werde jetzt noch schneller. Mach dich bereit."

Ich nickte noch einmal. Er hielt sein Versprechen und wurde schneller. Er nahm seine Hand von meiner Brust weg und brachte sie an meine Klit. In dem Moment öffnete ich schließlich meine Augen und sah Sternchen.

„Oh, Herr Parker ..." Ich musste stöhnen und biss mir auf die Unterlippe, um nicht zu schreien. „Das fühlt sich so *verdammt* gut an ..."

Er gab mir einen Klaps auf den Hintern, dann noch einen und bearbeitete meinen Arsch sowohl mit seiner Hand als auch mit seinem Schwanz. „Du bist ein katholisches Schulmädchen. Du darfst nicht schimpfen."

Ich antwortete diesmal mit einem lauteren Stöhnen. Er fuhr damit fort, meinen Arsch zu ficken und ich ließ es alles viel zu willentlich zu. Ich wollte es. Ich wollte mehr. Ich wollte ihn und damit er das wusste, stöhnte ich lauter und schwerer, bis mein Stöhnen in Schreie überging.

„Ja, Herr Parker! Das fühlt sich unglaublich an!"

„Hmm ..." Ich hörte ihn, als er meinem Arsch einen weiteren Klaps gab. „Wer hätte gedacht, dass es einer prüden, jungen Dame wir dir gefällt, in den Arsch gefickt zu werden?"

Ich konnte mich nicht länger zurückhalten. Er drückte mit seinen Fingern gegen meine Klit und ich konnte nur meine Augen schließen und euphorisch schreien.

„Herr Parker", stöhnte ich. „Ich komme. Ich komme ... ich ..."

„Komm für mich, Jane", sagte er. Der Ton war sowohl fürsorglich als auch fordernd. „Lass los."

Er stieß noch schneller ein und kreiste seinen Finger an meiner Klit. Ich kniff meine Augen fest zusammen und atmete heftig aus. Ich spürte, wie sich meine Nerven ein wenig entspannten und in dem Moment konnte ich mich gehen lassen. Ich war gefangen im Strudel der Gefühle und bevor ich mich versah, triefte meine Pussy von meinen eigenen Säften und ich wusste, dass auch seine Finger voll davon sein mussten.

Er stieß ein letztes Mal tief ein und blieb da ruhig. Er schrie, als er kam und ich spürte, wie seine heiße und dicke Wichse tief ich mich schoss.

Langsam aber sicher zog er seinen Schwanz aus meinem Arsch und ich spürte, dass er ein leeres Loch in mir zurückließ, sowohl wörtlich als auch bildlich.

Aber dann lächelte ich automatisch, als er mich näher an sich zog und auf meinem Rücken auf das Bett legte. Ich spürte wie seine heiße Wichse aus meinem verbrauchten Loch sickerte. Ich hatte keinen jungfräulichen Arsch mehr. Das leichte Brennen und die Wichse waren der Beweis.

71

Er küsste mich. Unser erster Kuss.

„Ich bin gleich zurück", sagte er und ich nickte. Er ging ins Bad und kam mit einem warmen Waschlappen zurück, den er benutzte, um mich vorsichtig zwischen den Beinen sauber zu machen. „Du warst atemberaubend. Möchte meine kleine Schülerin die Nacht hier mit mir verbringen?"

„Ja", antwortete ich schnell. „Es ist sowieso niemand zu Hause."

Niemand war zu Hause. Aber ich wollte auch nicht weg. Ich wollte die Nacht mit ihm verbringen.

 *regory*

„MEINE ELTERN KÜMMERN sich ʼnen Dreck."

Es gab nicht viel, was mir Angst machte oder mich schockierte. Ich konnte durch Horrorfilme schnarchend durchschlafen. Ich würde nur für den Adrenalinstoß und den Spaß aus einem Flugzeug springen. Ich würde ekelhafte Insekten essen, ob als Mutprobe oder einfach so. Meine Freunde könnten mich ärgern und vergeblich versuchen, meine coole und ruhige Fassade zu brechen.

Außer Jane.

Diese Worte aus ihrem Mund zu hören, ließ mich tief einatmen. Unsere Blicke trafen sich, ich hielt den Blickkontakt und schaute sie direkt an. Ihre Lippen waren gespitzt und ihre Augen suchten nach meiner Reaktion.

Was konnte ich sagen?

Dass dieser Sonntag einer der besten Tage meines Lebens war? Dass ich später nicht schlafen würde, weil ich über ... alles nachdenken würde? Wir hatten nicht einmal etwas Extraordinäres getan. Jedenfalls nicht heute und nicht mal an den Tagen zuvor. Jane war nach der ersten Nacht, in der ich sie in den Arsch gefickt hatte, nochmal über Nacht bei mir geblieben.

Wir hatten alles getan: von Kuscheln bis Oralsex. Und jetzt ärgerte ich Jane immer damit, dass es ihr neues Hobby war, mir einen zu blasen. Sie würde es aus eigenem Willen tun.

Sie weckte mich zweimal auf und lutschte an mir und danach verbachten wir den Rest des Tages nur mit Kuscheln. Sie würde meine Jeans aufmachen und runterziehen, während ich versuchte, Dinge im Haus zu erledigen. Ich habe aufgehört Boxershorts zu tragen, um es ihr leichter zu machen.

Sie hatte sogar versucht, mich in einem öffentlichen Park zu nehmen, aber ich hatte ihr gesagt, dass wir das einmal abends probieren würden, wenn weniger Leute da waren. Ich wollte nicht, dass jemand außer mir Jane auf ihren Knien sah.

Ich nahm mir vor, dass später einmal mit ihr zu tun.

Ich musste immer noch ihre Pussy ficken, um sie zu entjungfern. Sieben Tage zu warten, war nicht leicht, aber ich hatte ihr all die anderen Möglichkeiten gezeigt, wie wir uns gegenseitig verwöhnen konnten.

Aber jetzt konnte ich Jane nicht aus meinem Kopf bekommen. Sie hatte irgendetwas mit mir angestellt, aber ich beschwerte mich nicht darüber. Ich würde mich nie beschweren, wenn es um sie ging. In den letzten Tagen haben wir viel Zeit miteinander verbracht und ich begann zu realisieren, dass sie alles war, was ich in einer Partnerin wollte. Und noch mehr. Ich lernte die Frau hinter den Kurven kennen und ich sehnte mich danach, noch mehr zu erfahren.

Für ihr Alter war Jane sehr reif, sowohl körperlich als auch emotional, trotzdem war die jugendliche Energie offensichtlich, besonders im Bett. Oder auf dem Küchentisch. Oder gegen die Eingangstür.

Sie wollte mich immer befriedigen und glücklich machen, ob innerhalb oder außerhalb des Schlafzimmers, aber gleichzeitig sagte sie auch immer, was sie dachte. Die Frauen, mit denen ich sonst immer zusammen war, sagten irgendwann immer häufiger „Nein" als „Ja". Sie waren nicht besonders abenteuerlustig und wollten lieber drinnen bleiben und Sex haben, es sei denn, ich führte sie in ein schickes Restaurant aus. Jane hingegen war für alles zu haben. Sie wusste wie man Langeweile und Spaß haben konnte. Besonders das war es, was sie von den anderen unterschied.

„Ich sorge mich um dich", sagte ich nach Minuten der Stille. „Du bist einzigartig, Jane, und es ist eine Schande, dass deine Eltern das nicht sehen."

„Ich—"

Ich erstarrte auf meinem Platz, als ihre Stimme für eine Sekunde stockte. Wir waren in meinem Wohnzimmer, nachdem wir einen ganzen Tag die Stadt erkundet hatten. Wir waren in den örtlichen Museen und der Bücherei gewesen und zum Mittagessen hatte ich sie in das neue Café eines Freundes mitgenommen und sie hat ihn sogar kennengelernt. Da sie nun mir gehörte, wollte ich sie auch zeigen. Nicht viele Achtzehnjährige konnten ein Gespräch mit Leuten führen, die über eine Dekade älter waren als sie, aber Jane tat es problemlos. Sie war jung, ja, aber sie war hervorragend. Ich kümmerte mich nicht darum, was die Leute dachten. Sie würde bei Veranstaltungen und Feiern mit Freunden an meiner Seite sein. Sie würde da leicht reinpassen.

Verflucht nochmal, schimpfte ich innerlich.

Es ging hier nicht nur darum, körperlich von ihr angezogen zu werden und ihr alles beizubringen was sie über Sex wissen musste. Ich wollte sie vor, während und nach dem Sex. Ich wollte mehr Zeit mit ihr verbringen und mit ihr ausgehen. Ich wollte sie in meinem Leben haben. Ich wusste es von Anfang an. Ich würde sie nicht mehr hergeben.

„Was ist los?" fragte ich und legte einen Arm um ihre Schultern und zog sie an mich. „Du siehst besorgt aus."

„Ich habe Angst, dass du mich verlässt, sobald wir echten Sex hatten."

Ich hätte fast drauflos gelacht, aber hielt mich zurück. Ich wusste, dass Jane eine derartige Reaktion falsch auffassen würde. Es war einfach nur lustig, dass sie sich Sorgen machte, dass ich sie verlassen würde, wenn ich doch wusste, dass sie niemals irgendwo hingehen würde.

Wenn sie nur wüsste...

In dem Moment hob ich ihr Kinn an, um ihr direkt in die Augen blicken zu können.

„Du gehörst mir, Jane," fing ich an. „Wie oft muss ich dir das noch sagen?"

Sie zuckte leicht mit den Schultern. „Vielleicht noch ein paar Mal."

Ich grinste. „Vielleicht lernst du es auf dem praktischen Weg ein wenig schneller."

Mit leichtem Druck brachte ich sie auf den Rücken. Mit einem Knie auf dem Sofa und einem Fuß auf dem Boden kam ich über sie und zog sie in Position, sodass sie vor mir lag. Es gefiel mir, dass sie kurze Röckchen trug und dieser Augenblick bestätigte mir, warum. Ich musste nur den kurzen Saum hochschieben und ihre Pussy lag nackt vor mir.

„Ja, Herr Parker. Möglicherweise müssen Sie es mir zeigen."

Sie bewegte sich, um ihr T-Shirt über den Kopf zu ziehen. Ihre nackten Brüste schwankten dabei und fanden dann, als sie wieder auf dem Rücken lag, wieder ihre Position.

Während ich mich einem ihrer vollen Nippel näherte, murmelte ich: „Du bist eine sehr eifrige Schülerin."

* * *

Jane

. . .

„Sɪᴇ sɪɴᴅ zurück." Es war das Erste, was ich sagte, als er die Tür öffnete. Er trug eine Jogginghose und ein T-Shirt und der Anblick machte mich sofort geil, obwohl ich eigentlich ein wenig niedergeschlagen war. „Ich möchte heute Abend nicht dortbleiben."

Herr Parker wusste sofort, wovon ich sprach. Meine Eltern – sie waren erst aus Europa zurückgekommen. Sie hatten einen Berg Souvenirs mitgebracht, von Designerklamotten bis hin zu Schweizer Schokolade und dem edelsten Wein aus Frankreich und Spanien. Alles war für mich, sogar der Alkohol, aber nachdem sie „Hallo" gesagt und sich dafür entschuldigt hatten, meine Abschlussfeier verpasst zu haben, sind sie direkt in ihre Büros gegangen. Meine Mutter musste E-Mails abarbeiten und mein Vater hatte ein Abendessen mit einigen Geschäftspartnern. Nach nur einem Augenblick war die Villa wieder leer und ich fühlte mich einsam. Nachdem ich jeden Tag der letzten Woche mit Herrn Parker verbracht hatte, war das Gefühl allein zu sein und jemanden zu haben, mit dem man den Tag verbringen konnte wie Tag und Nacht.

Herr Parker und ich hatten uns für zwanzig Uhr verabredet, aber ich war schon ein paar Stunden früher zu ihm gegangen. Warum warten, wenn es nichts in dieser leeren Villa zu tun gab? Außerdem war jetzt genau eine Woche vergangen. Wir wussten beide, was der heutige Abend bringen würde und ich hatte angenommen, dass er mich lieber früher als später bei sich haben wollte. Es war an der Zeit, dass er mich entjungfern würde. Er hatte sein Wort gehalten und nichts kam auch nur in die Nähe meiner bedürftigen Pussy. Ja, er hatte mich geleckt und in den Arsch gefickt, aber er ließ meine Pussy so unberührt wie möglich, damit sie zuerst von seinem bloßen Schwanz gedehnt werden würde. Auf der Fahrt gingen meine Fantasien mit mir durch.

Ich dachte schon an die ganzen Sauereien, die ich ihm sagen würde und wie ich das verdammt enge Kleid, das ich trug, ausziehen würde. Ich ging die verschiedenen Möglichkeiten für später in meinen Gedanken schon einmal durch. Sollte ich meine Stöckelschuhe anlassen oder ausziehen? Vielleicht könnte ich das auf eine unanständige Art und Weise fragen. Meine Gedanken liefen auf Hochtouren und es war ein Wunder, dass ich überhaupt in einem Stück bei ihm zu Hause angekommen war.

„Ich habe kein Abendessen gekocht", sagte er, aber das war ehrlich das Letzte, woran ich dachte. Ich wollte etwas anderes essen. Seit dem ersten Mal, dass ich ihm einen geblasen hatte, hatte ich Gefallen am Schwanzlutschen gefunden. An seinem Schwanz. Wenn er in meinem Mund war, gehörte er mir. Ich hatte Kontrolle und ich war wunderschön und noch viel wichtiger, unwiderstehlich.

Es machte soviel Spaß und die Form seiner Spitze und die Länge seines Schafts war definitiv ein Anblick, den ich den ganzen Tag und die ganze Nacht genießen könnte. Er neckte mich damit, dass es jetzt mein neues Hobby war, ihm einen zu blasen. Ich lachte jedes Mal, aber tief in mir drin wusste ich, dass er absolut Recht hatte. „Komm rein, Jane. „Entschul-

digung", sagte er schnell. „Ich habe den ganzen Tag
für die Zulassungsprüfung gelernt. Mein Kopf ist wie
Brei."

Ich ging in sein Haus und folgte ihm in das Wohnzimmer. Er setzte sich hin und klopfte auf den Platz
neben sich, aber *verfickte Scheiße.* Die Jogginghose und
das noch dünnere T-Shirt machten mich nur noch
geiler. Wenn wir einen Film anfangen würden,
bestünde keine Frage, dass ich nicht lange durchhalten
würde. Meine Augen richteten sich auf seinen
Schwanz. Die Länge war in seiner Hose zu sehen und
mir stockte der Atem. Ich wollte genau hier und jetzt
Sex haben. Ich hatte eine ganze Woche gewartete und
ich hatte das Gefühl, nicht länger warten zu können.
Ich konnte ihm das aber nicht so geradeheraus sagen.
Ich würde mich ihm nicht an den Hals werfen.

Weil ich es liebte, wenn Herr Parker die Kontrolle
übernahm und heute Abend wollte ich, dass er die
Kontrolle übernahm, indem er mich entjungferte.

Ich setzte mich nicht neben ihn. Stattdessen stellte
ich mich direkt vor ihn.

Mit einem Lächeln begann ich mein hautenges
Kleid auszuziehen. Ich rutschte hin und her, damit der
enge Stoff meine Hüften hochrutschte. Ich hielt den
Stoff zwischen meinen Fingern und zog das Kleid
über meinen Körper nach oben. Als das Kleid mein
Gesicht verdeckte, wurde mein Lächeln zu einem
Grinsen, da ich hörte, wie er stöhnte. Ich trug keine
Unterwäsche – genauso wie er mich mochte – und
binnen einer Sekunde stand ich komplett nackt vor
ihm. Um noch einen draufzusetzen, war ich gestern

für eine Ganzkörperenthaarung im Salon gewesen. Meine Pussy war komplett nackt und ich presste sie zusammen, als eine Hitzewelle durch mich ging.

„Verdammt ..." hauchte Herr Parker, als er mich ansah. Ich ließ das Kleid auf den Boden fallen und ging näher an ihn heran bis meine Beine seine Knie berührten. „Jane ..." stöhnte er wieder und strich sich durch die Haare. Verlangen brannte in seinen Augen.

„Eine Woche ist vergangen", sagte ich nur. Ich hätte das nicht einmal sagen müssen, um ihn wissen zu lassen, was ich dachte.

„Nicht hier", sagte er und innerhalb einer Sekunde war er aufgestanden und hatte mich auf dem Arm. Er rannte die Treppen hoch und trat die Tür zum Schlafzimmer auf. Dann ließ er mich auf sein Bett fallen. „Es ist dein erstes Mal. Wir werden es richtig machen."

„Es ist richtig, solange ich hier bin", sagte ich mutig und ließ ihn wissen, was ich fühlte.

„So eine brave kleine Jungfrau."

Seine Augen wurden weicher, bevor sein Blick dann an meinem Körper entlangwanderte, um mich zu erforschen. Ich begann zu zittern, als er mit seinen Fingern über meine Haut strich. Er wanderte von meinem Nacken runter zu meinen Brüsten und noch weiter runter über meine nackten Schamlippen.

Ich musste scharf einatmen, als er mit seinen Fingern genau an meinem Eingang innehielt. Ich machte meine Augen weit auf, als er mir nur einen Kuss auf meine Pussy gab. Dann richtete er sich auf, um mir einen Kuss auf die Lippen zu geben. Ich schmeckte mich selbst an seinen Lippen. Der Moment war so emotional und so intensiv. Er war nicht in Eile, mich zu ficken.

Er zog mich nicht einfach aus und steckte seinen Schwanz direkt in mich, wie ich es wollte. Am seinem Blick konnte ich erkennen, dass er es heute Abend langsam angehen lassen wollte. Er wollte mich ficken, ja, aber er wollte auch, dass die heutige Nacht besonders war. Er würde mein erstes Mal sein. Er würde *unser* erstes Mal sein. Es gab keine Wiederholungen für das erste Mal. So wie er sich verhielt – fürsorglich und liebevoll –, wusste ich, was ihm durch den Kopf ging.

Und ich konnte nicht anders, also platzte es aus mir heraus: „Ich liebe dich."

Mein Herz blieb in dem Moment stehen. Stille machte sich im Raum breit und ich dachte darüber nach, das, was ich gesagt hatte, zurück zu nehmen. Er blieb ruhig und ich hatte das Gefühl, dass mein Herz in tausend Teile zerbrechen würde, sobald einer von uns beiden sich bewegen würde. Ich lehnte meinen Kopf zur Seite, um wegzuschauen, aber in dem Moment als ich es machen wollte, brachte er seinen Kopf an meine Pussy und begann zärtlich meinen Eingang mit Küssen zu bedecken.

Er leckte und liebkoste meine Pussy und seine Lippen spielten mit meinen Schamlippen, während seine Zunge versuchte, tiefer einzudringen. Er sog einmal, dann noch einmal, während er mit einer Hand damit fortfuhr, an meinen Schenkeln hoch und runter zu reiben, und mit seiner anderen Hand meine Hüfte umschlang. Es gab nichts Grobes daran, wie er sich bewegte und es entspannte und beruhigte mich. Es war genau das, was ich brauchte. Er fuhr damit fort, meine Pussy zu küssen und daran zu saugen. Mit geschlossenen Augen und leerem Kopf genoss ich den Moment. Ich war im Hier und Jetzt und es gab keinen Ort, an dem ich lieber sein wollte.

Ich wölbte meinen Rücken vom Bett, als seine Zunge begann, mit meiner Klit zu spielen und ich immer und immer wieder stöhnte und die Glut in mir heißer wurde. Meine Gefühle kamen dem Höhepunkt näher und er wusste, was bald wieder passieren würde, weil mein Stöhnen zu Schreien wurde und diese Schreie mit jeder Minute lauter wurden.

„Gregory..." hauchte ich, als ich spürte, wie ich dabei war, zu kommen. „Bitte…"

Sofort stieg er von mir ab. Ich riss meine Augen fragend auf, aber er lächelte mich nur an und begann, seine Jogginghose auszuziehen.

„Noch eine Lektion, du unanständiges Mädchen. Wie sollst du mich nennen?"

Ich kreiste mit den Hüften. „Herr Parker, bitte."

Er zog sein T-Shirt über den Kopf und warf es durch das Zimmer. Dann ging er wieder zwischen meine Schenkel und seine Erektion neckte meinen Eingang. Ich konnte sehen, wie Lusttropfen von seiner Spitze tropften.

„Bitte, was?"

„Bitte, ficken Sie meine jungfräuliche Pussy, Herr Parker."

Ich hielt mich nicht mehr so sehr zurück, ihm zu sagen, was ich wollte.

„Wie?"

„Mit Ihren Fingern. Mit Ihrem großen, harten Schwanz."

Er begann sich selbst zu streicheln. „Damit?"

Ich biss mir auf die Lippe und nickte. Als er eine Braue hochzog, sagte ich: „Ja, Herr Parker."

„Es wird dich gut ausfüllen, dich ausweiten und tief in dich gehen, nicht wahr?"

Meine Muschi drückte sich fest zusammen.

„Du wirst keine Jungfrau mehr sein. Aber du bleibst mein braves, kleines Mädchen, richtig?"

Ich nickte, griff nach unten und spielte mit meinen Fingern an meiner Klit.

Er brachte mich zum Schweigen und ergriff mein Handgelenk und brachte es hoch neben meinen Kopf und ließ nicht los.

„So ein bedürftiges, unanständiges Mädchen. Muss ich dir erst den Hintern versohlen, bevor ich dich gut und hart ficke? Dich mit meinem Samen füllen und als meine kennzeichnen?"

Ich wölbte meinen Rücken. „Nein, Herr Parker."

Er ließ mein Handgelenk los und lehnte sich zurück. „Nimm die Hände hinter deine Knie und zieh sie zurück. Gut. Weiter. Ja, genau so. Jetzt kann ich deine jungfräuliche und deinen gut gefickten Arsch sehen. Es gehört alles mir, nicht wahr?

„Ja, Herr Parker."

Er platzierte seine Hand neben meinem Kopf und war über mir. Ich spürte wie ein Finger an meinem Eingang kreiste, aber nicht eindrang.

„Bitte", flehte ich und ergriff meine Beine und

machte sie breit.

„Wir kommen zusammen, okay?" sagte er. Er starrte mich an und blickte dann an die Stelle, an der wir fast vereint waren. Die Spitze seines Schwanzes war um die Lippen meiner Pussy gefangen und ich sehnte mich danach, meine Hände an seinen Arsch zu legen und komplett an und in mich zu ziehen, aber ich hielt mich davon ab.

Das würde mich nur zu einem ungezogenen Mädchen machen und Herr Parker würde mich bestrafen. Obwohl es mir gefiel, wenn er mir diese zusätzliche Aufmerksamkeit schenkte, nach der ich mich sehnte, selbst wenn es böse war, war es nicht das, was ich heute Abend wollte.

Er würde mich hart und schnell nehmen, aber ich wollte, dass es langsam und intim war. Ich liebte ihn. Ich wollte heute Abend keinen Sex. Ich wollte Liebe machen.

„Ich fange langsam an, Jane", sagte er und begann in mich einzudringen. Seine Worte waren gezähmter und seine Stimme klang eher beruhigend als schimpfend. „Es wird ein wenig wehtun, also werde ich vorsichtig sein."

Ich nickte und schloss meine Augen, während ich spürte, wie er tiefer in mich eindrang. Ich spürte, wie seine breite Spitze, wie versprochen in mich eindrang.

„So ist es richtig, Süße. Genau so, Jane. Du kannst mich nehmen ... komplett."

„Ja." Ich schaffte es, zu stöhnen. Meine Augen waren immer noch zu, während ich mich versuchte, an seine Größe zu gewöhnen. Meine Pussy war tropfend feucht und ich konnte spüren, wie sein Schwanz problemlos in mich glitt. Trotzdem fühlte es sich so an, als ob ich von ihm bis an meine Grenzen ausgedehnt wurde. Er sah mich an und hielt meinem Blick stand. Auf einmal stieß er tief in mich ein und entjungferte mich wie versprochen mit seinem dicken Schwanz.

Der Schmerz und die Art und Weise, auf die er mich ausfüllte, ließ mich stöhnen.

„Ich kann nicht tiefer gehen, Jane", sagte er. „Du fühlst dich so verdammt gut an."

Er blieb für einen kurzen Augenblick still, so dass ich mich an ihn gewöhnen konnte, genau wie er es getan hatte, als er meinen Arsch zum ersten Mal gefickt hatte.

Und dann bewegte er sich langsam und rhythmisch. Ich lag still da, während er im Wechsel in mich eindrang und rauszog. Ich wolle meine Hüften bewegen. Sein Schwanz glitt mühelos in meine feuchte Pussy, aber es war *so* eng. Ich fühlte mich ein wenig strapaziert Ich konnte den Schmerz nicht erklären. Es tat ein wenig weh, ja, aber es war eine positive Art Schmerz. Es war die Art Schmerz, von dem ich nicht wollte, dass er verging und ich brachte meine Gefühle zum Ausdruck, indem ich meine Beine losließ und seinen Arsch umfasste und drückte, während er in mich stieß.

„Genau so, Süße", sagte er und wurde schneller. Sein Schwanz bewegte sich in mir rein und raus und ich musste automatisch lächeln. Ich konnte nicht glauben, was mir bisher gefehlt hatte. *Fuck.* Ich hatte auf einmal Verlangen und Sehnsucht nach ihm und konnte nicht anders, als meine Hüften zu bewegen und seinem Rhythmus anzupassen.

„Fuck ... du bist so eine gute Schülerin", sagte er und begann, sich schneller zu bewegen. „Du bekommst eine eins. Das ist alles ..."

Er ergriff meine Brust. Ich stöhnte. Er fing an, meine Klit zu reiben und ich drückte meine vaginalen Muskeln zusammen. Als ich das tat, stöhnte er laut, fast schon wie ein Tier.

„Verflucht nochmal ..." brüllte er, während ich weiter drückte.

„Ja ... ja ..." stöhnte ich, während er damit weitermachte, sich in mir zu bewegen. „Ja ... ja..." Es kam und er wusste, dass es auch bei mir soweit war, da ich wieder begonnen hatte, zu schreien.

Als ich meine Augen wieder aufmachte, starrte er mich an. Seine Augen sagten mir, was ich von ihm hören wollte. *Er liebte mich.* Ich konnte es spüren. Er musste es nicht einmal direkt sagen. Alles was er tat, war für mich. Er übernahm die Kontrolle, weil er wusste, dass ich die Hilfe brauchte. Er verbrachte in der letzten Woche so viel Zeit wie nötig mit mir, weil er wusste, dass ich eigentlich einsam war, trotz all der materiellen Dinge und der Freunde, die ich hatte. Er hatte es mit dem Sex langsam angehen lassen heute Nacht, weil er mir nicht wehtun wollte. Ich musste diese drei Worte nicht von ihm hören. Ich konnte sie spüren.

„Oh, Gott ...!" Ich stöhnte laut, als ich zitternd und krümmend unter ihm war. Meine Säfte vermischten sich in meiner Pussy mit seinem Saft und ich konnte spüren, wie das Bettlaken unter mir feucht wurde. Er fuhr damit fort, in mich einzudringen, langsamer, und mit jedem Zug seines Schwanzes tropfte etwas mehr auf das Bett. Ich ließ eine Reihe lauter Seufzer raus, als er endlich aufhörte und ich war unglaublich feucht.

„Du bist atemberaubend", sagte er, als er sich von mir rollte und neben mich legte. Dann legte er einen Arm um meinen Bauch und zog mich direkt an sich. „Ich liebe dich auch, Süße. Ich liebe dich auch."

Seine Worte waren wie ein warmes, perfektes Bad, während ich versuchte, die Tränen zurückzuhalten. Meine Eltern waren die einzigen Menschen, die jemals diese Worte gesagt hatten und selbst dann waren sie hastig und wirkten automatisiert. Ein Reflex, genauso wie Hallo oder Tschüss am Telefon zu sagen.

Aber das hier fühlte sich anders an. Echt.

Ich legte meinen Kopf auf seine Brust, während seine Hand über meine Taille strich. Ich fühlte mich plötzlich schläfrig und müde. Es bestand kein Zweifel, dass ich wie ein Baby schlafen würde. Zufrieden, befriedigt und gut gefickt.

EPILOG

ane, ein Jahr später...

ICH KONNTE ES NICHT ABWARTEN, nach Hause zu kommen – zu ihm.

Die letzten Wochen waren extrem stressig gewesen. Und das war untertrieben. Ich hatte die Nächte durchgearbeitet, um Projekte rechtzeitig fertig zu bekommen und um für Klausuren zu lernen. Ich drehte durch ... und vernachlässigte mich aufgrund des Stresses. An den letzten Tagen war es mir sogar egal, ob ich Make-Up trug. Jeder an der Uni sah wie ein Zombie aus und niemand kümmerte sich darum, auch nur ein wenig passabel auszusehen.

Und dabei dachte ich, dass das Arbeitspensum an der High School schon schlimm war.

Heute hatte ich allerdings eine Ausnahme gemacht und ein kurzes Blumenkleid und Sandalen getragen. Ich hatte mir am Morgen sogar die Mühe gemacht und etwas Make-Up aufgelegt, den Lockenstab benutzt und vor ein paar Minuten nochmal alles aufgefrischt. Es war der Moment, an dem meine letzte Klausur zu Ende sein würde. Ohne weitere Klausuren und Projekte, an die ich denken musste, konnte ich endlich den ganzen Stress vergessen und das durch das bestmögliche Mittel: Sex.

Ich ging schnell nach Hause zu Gregory – unser Zuhause – und achtete darauf, nicht zu schnell zu fahren. Ihn Herr Parker zu nennen, war fürs Schlafzimmer vorgesehen. Ich nannte ihn normalerweise Gregory oder ‚Schatz‘ oder ‚Süßer‘. Ich war vor ein paar Monaten bei ihm eingezogen und ich konnte es kaum glauben, dass wir schon fast ein Jahr zusammen waren. Weder unsere Freunde noch unsere Familien hatten geglaubt, dass es länger als den Sommer über halten würde. Aber ich wusste es. Von seiner ersten Berührung an wusste ich, dass ich mehr wollte. Die Letzten? *Ha!*

Ich trat auf die Bremse, als ich vor dem Haus anhielt. Ich machte den Motor aus, bevor ich an die Haustür kam und ließ meine Bücher, den Laptop und meine Tasche zurück. Ich war mit allem fertig, also kümmerte ich mich nicht mehr darum.

Ich klingelte zweimal, bevor ich von einem verschmitzten Lächeln und mir bekannten karamellfarbenen Augen begrüßt wurde.

„Du bist früh zu Hause. Ich dachte, dass du mit

deinen Freunden feiern gehst ..." Diese mir so gut bekannten Augen musterten mich, bevor er wieder auf meine Brüste und dann in meine Augen schaute.

„Ich dachte, wir feiern anders", sagte ich selbstbewusst. „Herr Parker."

Ich ergriff den Saum meines Kleides und zog es hoch. Er machte große Augen, als er meine unrasierte Pussy sah, die nackt und feucht war.

„Sag mir bloß nicht, dass du deine Klausuren geschrieben hast, ohne ein Höschen zu tragen ..." Er konnte sich sein Stöhnen nicht verkneifen und ich bemerkte, wie sich seine Jeans unten herum wölbte.

Ich ging eine Stufe hoch und dann noch zwei um näher an ihn heran zu kommen und flüsterte: „Ganz genau, Herr Parker. Deshalb war ich mit der Klausur vor allen anderen fertig. Ich habe an dich gedacht, nicht an die Klausur und meine Pussy wurde im Klassenzimmer feucht."

„Du bist ein unanständiges Mädchen, nicht wahr?" sagte er streng und mit seiner Hand fest an meinem Hintern. „Und ich glaube, ich muss dir eine Lektion erteilen."

„Ich glaube nicht, Rechtsvertreter", antwortete ich mit einem neckischen Lächeln auf den Lippen. Er hatte die Zulassungsprüfung im Februar bestanden und seine Ergebnisse letzte Woche erhalten. Er war jetzt Anwalt mit einem schicken, neuen Büro in der Innenstadt. Das Büro war mit einem hübschen Schreibtisch ausgestattet. Ein Tisch, den wir noch nicht eingeweiht hatten. Ich sah ihn grinsend an. „Du bist kein Lehrer mehr. Und außerdem

... ich glaube, ich war heute ein braves Mädchen. Schließlich habe ich die Klausur weit vor dem Zeit-limit fertig gehabt, oder nicht? Und ich habe es geschafft, keine einzige Frage unbeantwortet zu lassen."

Er musste lachen, bevor er mir fest an meinen Arsch griff. Schnell zog er mich ins Haus – unser Haus – und knallte die Tür hinter uns zu. Binnen weniger Sekunden hatte er mich gegen die Wand gedrückt und mein Kleid war gefährlich hoch über meinen Hüften. Es gab nur einen Hauch Luft zwischen seiner Hand und meiner Pussy, da schlossen seine Finger auch schon langsam die Distanz, die zwischen uns lag.

„Ich muss dir noch ein paar Dinge beibringen, oder?"

„Ja, Herr Parker", antwortete ich.

„Also, Süße ... warst du ein braves oder ein böses Mädchen?" flüsterte er. Sein warmer Atem massierte meine brennende Haut, als seine Finger über meinen Eingang glitten. „Eine bekommt den Schwanz in die Pussy und die andere wird in den Arsch gefickt."

Ich konnte nicht anders und atmete stöhnend aus. Welche war welche?

War es mir wichtig?

Nein. War es nicht. „Egal. Solange du es bist, der mich fickt."

Er steckte zwei Finger in mich, während er mich weiter gegen die Wand drückte. Mein Körper entzog sich ihm, als ich ihn um mehr anflehte.

Er spielte mit seinen Fingern an mir und sein Mund war an meinem Hals. Seine freie Hand hielt meine Handgelenke fest über meinem Kopf, während ich auf seiner ganzen Hand kam.

Als ich meine Augen aufmachte, beobachtete er mich und ich konnte einen Blick erkennen, den ich zuvor noch nie gesehen hatte. Ehrlich. Aufrichtig.

„Ich liebe dich, Süße."

Gott, ich wusste es. Ich wusste es, aber er sagte die Worte kaum. Er zeigte es mir allerdings jedes Mal, wenn er mich berührte und ich es spüren konnte. „Ich liebe dich auch."

„Heirate mich."

Ich musste nach Luft schnappen, während er seine Finger immer und immer wieder langsam in meinen Körper steckte und herauszog und dabei langsam meine Klit bearbeitete.

„Du gehörst mir, Jane. Diese Pussy gehört mir. Dein Herz gehört mir. Heirate mich."

Ich nickte und biss mir auf die Lippen. Ein Nachbeben der Lust drang durch mich. Emotionen überkamen mich, als ich meine Lippen für einen Kuss spitzte. „Ja, Herr Parker. Ja."

Seine Hose fiel auf den Boden und er füllte mich, genau da an der Wand. Leidenschaftlich und grob und genau so, wie ich ihn wollte.

Für immer.

Lies Seine jungfräuliche Nanny nächstes!

Dann traf ich Mary.

Achtzehn.
Unschuldig.
Wunderschön.

Doch wie sie sich benahm, aussah und sprach, wirkte
nicht unschuldig.
Zwischen einem Herzschlag...
... und dem nächsten
wurde mir der Altersunterschied egal.

Dann bin ich eben etwas älter.
Ich weiß, wie ich mich um sie kümmern muss.
So wie es ein *echter Mann* tun sollte.
Im Leben...
...und im Bett.

Mary ist atemberaubend.
Sie ist klug.
Und es ist ziemlich eindeutig, dass sie mich als ihren
Ersten haben möchte...

Und das werde ich sein.
Ihr Erster,
Und ihr EINZIGER.

Lies Seine jungfräuliche Nanny nächstes!

BÜCHER VON JESSA JAMES

Mächtige Milliardäre

Eine Jungfrau für den Milliardär

Ihr Rockstar Milliardär

Ihr geheimer Milliardär

Ein Deal mit dem Milliardär

Mächtige Milliardäre Bücherset

Der Jungfrauenpakt

Der Lehrer und die Jungfrau

Seine jungfräuliche Nanny

Seine verruchte Jungfrau

CLUB V

Entfesselt

Entjungfert

Entdeckt

Zusätzliche Bücher

Fleh' mich an

Die falsche Verlobte

Wie man einen Cowboy liebt

Wie man einen Cowboy hält

Gelegen kommen

Küss mich noch mal

Liebe mich nicht

Hasse mich nicht

Höllisch Heiß

Dr. Umwerfend

Sehnsucht nach dir

Slalom ins Glück

Neues Glück

Rock Star

Die Baby Mission

ALSO BY JESSA JAMES (ENGLISH)

Bad Boy Billionaires

A Virgin for the Billionaire

Her Rockstar Billionaire

Her Secret Billionaire

A Bargain with the Billionaire

Billionaire Box Set 1-4

The Virgin Pact

The Teacher and the Virgin

His Virgin Nanny

His Dirty Virgin

Club V

Unravel

Undone

Uncover

Cowboy Romance

How To Love A Cowboy

How To Hold A Cowboy

Beg Me

Valentine Ever After

Covet/Crave

Kiss Me Again

Handy

Bad Behavior

Bad Reputation

Dr. Hottie

Hot as Hell

Pretend I'm Yours

Rock Star

Capture

Control

ÜBER DIE AUTORIN

Jessa James ist an der Ostküste aufgewachsen, leidet aber an Fernweh. Sie hat in sechs verschiedenen Staaten gelebt, viele verschiedene Jobs gehabt und kommt immer wieder zurück zu ihrer ersten großen Liebe – dem Schreiben. Jessa arbeitet als Schriftstellerin in Vollzeit, isst zu viel dunkle Schokolade, ist süchtig nach Eiskaffee und Cheetos und bekommt nie genug von sexy Alphamännchen, die genau wissen, was sie wollen – und keine Angst haben, dies auch zu sagen. Insta-luvs mit dominanten, Alphamännern liest (und schreibt) sie am liebsten.

HIER für den Newsletter von Jessa anmelden:
http://bit.ly/JessaJames